文芸社セレクション

家康公にえどの地を教えた男

秋山 芳雄

AKIYAMA Yoshio

文芸社

目次

太閤秀吉殿下と徳川家康は小田原で北条後の相談をした。秀吉は家康の怖さを知っているので関六州を与え少しでも京より遠いところに置きたく、鎌倉で一緒に泊まった光明寺で伝えた。家康は、当時の武蔵国府、府中で饗応の宴の準備の為に鎌倉街道を北上した。秀吉は、伊達政宗が会津の地を返上するのを見届けて府中へ戻り、甲府には、一番信頼できる浅野家を置いて京へ帰ると、家康から当時穢土(えど)と呼ばれていた地を江戸と改めて都にしたいと連絡が入っていた。太閤秀吉は、喜び、都づくりの為の経費や朝鮮出兵の命令も免除した。家康は、塩の生産地が江戸から四里の行徳があることを当時の長吏弾左衛門から聞いて江戸の地の長吏頭矢野弾左衛門に任命して、三代かけて江戸の地を都にした。江戸へ入府する折には、光明寺祐崇僧が書いた『厭離穢土・欣求浄土』の旗を先頭にして板橋・千住を通って城に入った。大御所が死んだ時この八文字の旗も駿河・鎌倉・日光を通って小さなお堂に遺体と一緒に埋葬された。いちばんの難敵は伊達家で京よりも近く恐れていたが、秀吉も恐れていたので連合すれば怖くはなかった。関ヶ原後は、春日の局と天海僧であったが幕府の金を色々のことに使うので、保科家の家訓に女子はまつり事に口を出すなとあるほどに、春日の局に手を焼いたが天海僧と同時期に亡くなった。最後に残った伊達家が心配であったが、保科正之の差配で少しずつ財力を減らして、四代目の時に徳川家に忠誠を誓って江戸総構が出来、徳川三百年の基礎が出来た。保科正之・阿部忠秋の両名が居たことによって幕藩体制が出来上った。

幕府への誓い

寛永九年一月御前様秀忠公は、死期を悟り枕元に息子保科肥後守正之と庄内藩主酒井宮内大輔忠勝、将軍家光の小姓時代からの付き合いである阿部豊後守忠秋、信頼している佐竹近衛権左中将義宣の四名を呼びつけ、祐筆も同席させて、

「そち達は、皆存じていると思うが将軍は少し知恵が劣っている。大御所安国院殿は正之を本来幼名を甲松と命名した様に他界した弟信吉同様に甲州武田家の再興を願い甲州国主にと考えていたが、関ヶ原の役後駿府城にて大改築を祝う宴を開いていた時、乳母のお福が目通りを願い大御所は初めて竹千代の知恵が薄いことを知らされた。その為に大御所は、存命中に豊臣家を必ず滅ぼしておかねばならぬと考え大坂の役を仕掛けることを決断し、又将軍の弟国千代は我が妻於江与崇源院が育てお福とは仲が良くなかった。」

と、御前様が話すと、

「我々四名が力を合わせて将軍様をお守りいたします。」

と、正之が云うと三名は肯き、御前様秀忠が、

「天正十八年七月太閤殿下と共に小田原攻めを行い、北条氏政を切腹させた後北条氏を滅ぼすと、大御所は鎌倉まで同道して饗応の宴の準備の為に武蔵国府へと鎌倉街道を急いだ。太閤殿下から関六州武蔵の国への転封を命じられ、それに従う為に大御所は、最後の宿泊地鎌倉材木座光明寺の住職祐崇僧と弟子の慈昌僧を連れて武蔵国府府中へ入った。太閤殿下は、浅野長政を府中御殿の作事奉行に任命して大御所に帯同させた。太閤殿下が関六州のおおよその検地見回りの為に大谷吉継を連れ、又伊達政宗が会津から撤退して陸奥府中へ帰国するのを確認する為に最初で最後の関六州見回りをしている間に、大御所と浅野長政は、急ぎ饗応の宴に間に合わす為の将来府中本丸になる予定の仮御殿を建設した。太閤殿下との府中仮御殿での饗応の宴を滞りなく済ますと太閤殿下が、京への帰国途中甲府府中で浅野長政に甲府国主を命じて大御所への睨みをきかす人事をしていった。大御所は急ぎ祐崇僧と武蔵国府の城下造りを考えて地図を見ていると松平家忠が穢土と云われている地から連れてきた長吏弾左衛門が目通りを願い出た為に会った。」

と、云うと、

「今の矢ノ倉に住む長吏頭矢野弾左衛門のことですか。」

と、佐竹義宣が聞くと、

「大御所は、今日の江戸があるのは、弾左衛門のおかげだと生前云っておられた。」

と、御前様が話すと、祐筆が、

「我が一族代書係は、話してはいけないのですが、一言話させてください。先代の父祐筆が大御所殿は矢野弾左衛門のことを徳川一の宝を教えてくれ、江戸に幕府を開くことを決めさせてくれた男だと、申しておりました。それは、今の江戸城は平城で遠山景彦と云う者が小田原の指示の下管理していまして常磐橋前に長吏として弾左衛門は住んでいました。小田原の戦で後北条家が滅ぶと太閤殿下の命令で大御所殿は関六州へ転封となり関六州の先回り役として松平家忠殿が先乗りとして各出城に赴き連絡をして参りました。松平家忠殿は、この地の情報を大御所殿にお伝えするのに重宝すると思い、弾左衛門を武蔵国府府中まで連れてきました。大御所殿の命で武蔵国府に新しい浄土宗の寺院を建立する為の住職として弟子の慈昌僧を連れてきて話していた処に弾左衛門が後北条氏は、小田原から舟を出して行徳で塩を積み、この地で交換に塩を置きこの地で出来た燈心と灯明皿と白皮を受け取り、また、川を上って河越に運んでいたことを教えてくれました。その船着場が今の駒形堂辺りで豊島駅と云われていたそうです。」

と、云うと、

「駒形堂とは、鳥越と檜前の牧との間にある御堂のことか。」

と、佐竹義宣が聞くと、

「はいそうでございます。大御所殿は、行徳で塩が取れることを聞くと身を乗り出して弾左衛門の話を聞いたそうです。駒形堂に舟が着く知らせる方法として鳥越の丘から狼煙（のろし）を上げます。弾左衛門の一族が支配している館の傍でとれる葦は乾かして随を取り出して束にして燈心を作り、藺（いぐさ）は千の束にして畳の材料として届けます。真土山の一族は、灯明皿を焼いて作り、檜前の牧の者達は白皮を鳥越の丘の狼煙を合図に豊島一族が支配していた豊島駅に集まり塩と交換してもらいます。舟には、小田原の長吏頭太郎左衛門の配下の者が乗船していて行徳からの塩、この地の燈心、灯明皿、白皮を積んで小田原に帰ることを弾左衛門から聞き、大御所殿は関六州の都を甲州に近すぎる武蔵国府府中でなくえどの地にと考え帯同してきた光明寺の住職祐崇僧と相談して意見を聞くと、御僧は、

「浄土の本義とは本来人の住む所は穢土の地であり、皆が南無阿弥陀仏を唱えて念仏をすると死後に浄土の地へ行けます。内府殿が穢土と呼ばれていた土地を浄土の教えに導かれて新しい国府を御造りになられては如何ですか。」と、云うと翌日白い絹の布に厭離穢土・欣求浄土の八文字を書いた旗を作り陣屋で大御所に披露した。呼び方も穢土と呼ばれていたえどを江戸と改める様に指示して大御所殿は、その旗を弾左衛門に渡し先陣を務める様に命じました。弾左衛門配下の者がえどへの案内役として板

橋宿へ向かいました。板橋の宿に着くころには、各地の長吏達が挨拶にきて目通りを願うので大御所様は、長吏達の前で関六州の長吏頭に弾左衛門を指名したことを伝え苗字と家紋を与えたことを伝え、家紋を轡紋（くつわ）、苗字を矢野、鳥越の館を矢ノ倉と呼ぶことを許したそうです。弾左衛門からえどの地に多くの家臣達が入府して住むことが難しいことを聞いていた為、府中を出る時に甲州への道である八王子には大久保長安殿を置き武田家遺臣達を集めて普段は、農業に従事させながら武士としての身分を与えて甲州からの守りに備えました。板橋の宿では、京への道東山道箕輪には井伊直政殿を指名して挨拶に来ていた長吏を案内役に、河越には酒井重忠殿を、忍には松平家忠殿を、館林には榊原康政殿を城主に指名して各長吏を伴って着任させて、えどへは残りの家臣と共に八月朔日（ついたち）に入府しました。大御所殿は、自分が考えていた以上に江戸の地は体を成しておらず、翌日は大雨であった為に翌々日から江戸の地の視察に矢野弾左衛門を連れて見回っていると、不忍の池があふれ千束の池の方まで水が繋がり姫ヶ池と云う池が出来てしまい、弾左衛門に命じて急ぎ埋め立てをさせました。十三日には大御所殿の愛馬花咲が病にかかり死んだ為に弾左衛門に払下げ手厚く葬る様に命じた。千束の者達も大御所殿の役にたちたく目通りを願うが認められず矢野弾左衛門の差配の下、働く様に命じてその後は、決して目通りは許されなかったと、聞いています。矢野弾左衛門は、大御所殿の命に次々と応えて江戸の開発をしたそうです。」

と、云うと、

「武蔵国府中で、弾左衛門が大御所殿に目通りを願い、後北条が、江戸から四里余りの地行徳で塩造りをしていて、その塩を駒形堂に運び燈心と白皮を小田原に運んでいたことを知って大御所殿は、江戸の地を武蔵国府の地に決めたそうだ。」

と、御前様が話すと、

「何故、穢土と呼ばれていた地を江戸と改めたのですか。」

と、佐竹義宣が聞くと、

「先ほども祐筆が話していたが、大御所殿は太閤殿下と共に鎌倉での宿にしていた光明寺の住職祐崇僧を当時の武蔵の国府府中まで帯同して国府造りに知恵を頂こうと考えていた。弾左衛門の話を御僧に話すと『穢土は、穢れた地を表し浄土の地にして馬頭観音を祀りえどの名を江戸と改名なされたらいかがですか』と、陣屋で云われて府中から板橋宿を通り当時豊島七領十庄と呼ばれた地峡田の在鳥越を通って、入府まで先頭に祐崇僧が直筆で書いた厭離穢土・欣求浄土の旗を矢野の配下の者に掲げさせて入場した。この八文字の旗は大御所殿の遺言で二荒山神社に奉納してある。」

と、苦しそうに話すと一息入れてまた話し続けた。

「鎌倉材木座光明寺真蓮社観譽祐崇僧によれば、往生要集の一項の厭離穢土とは地獄・

飢餓・畜生・修羅・人道・天道の六道の苦しみから逃れることを説き、わしが偃武を唱えているのと同じく戦がなく太平になることを願っていることを表し、二項目に欣求浄土の門あり国土が歓ぶべき浄土に努めれば三門目の極楽証拠への道に近づくので弟子の増上寺真蓮社源譽存上人は十楽法要を祐崇僧からお勧めするように云われたそうだ。」

と、御前様が話すと、

「今日は、この位にしては如何ですか。」

と、正之が父秀忠を気遣って云うと、

「甲松、余の命も残り少なく徳川幕府の為に随風のことも話しておかねばならぬ。武蔵の国府を後にする時大久保長安に武田の遺臣をまとめて八王子同心を組織するように大御所殿は命じ、板橋の宿でも各城主を指名して江戸へ入府する家臣達を少なくした。入府後ただちに家臣達と弾左衛門配下の者達とで湿地帯が多いので埋め立てを実行した。常磐橋前の矢野館から白鳥明神の丘までの間も広大な湿地帯で燈心作りの葦・萱・藺が生えていて葦中の中であったので、矢野に命じて白鳥の丘を崩して埋立をさせ、家臣達は駿河台を崩して城前を埋め立てた。また、塩の道確保に行徳から小名木川を浚渫して舟の安全航路確保の為に澪標を打たせて、今の矢野倉沖に運び、大御所殿は目印に一本の松を植えることを許可して難破を防いだ。次々と大御所殿の期待通りに仕事をしたので、後北条氏の時代小田原で長吏頭をしていた太郎左衛門が職人を連れて大御所殿にお目通りを申し出るが、三品十職の長も矢野弾左衛門に与えることを逆に伝え職人達は矢野倉預かりとして矢野弾左衛門の配下とした。太郎左衛門は、小田原の長吏として認めた。共に来た長岡の皮屋長吏頭九郎右衛門も長岡の皮屋長吏として大御所殿から新たに指名された。」

と、御前様が話すと、

「三品十職とは、如何なることを指すのですか。」

と、佐竹中将義宣が聞くと、

「お主の子、初め西福寺住職で今増上寺法主了学僧に聞いた方が良いと思うが、三品とは、戦で戦う為に武士達に必要な魚・塩・糀を指し、十職とは、城造りに必要な大工・木挽・畳師・瓦師・紺師・桶師・檜物師・鋳物師・壁塗・屋根師の十の仕事師で何時の時代も長吏頭の館に住まい、技術の習得訓練をしている。この多くの者達は、小田原の太郎左衛門が連れてきて矢野配下になった。豊臣家滅亡の折、井伊直政が佐和山城を解体して彦根城の石垣を再度造る時、明智光秀領地にいた黒鍬衆を連れてきて石垣を造らした。江戸城・駿府城の石垣造りにも携わった。太閤殿下の命で江戸城普請を中断して伏見城普請の折には、大久保長安を普請奉行に命じ大工頭には京の中井正清を置き、中井家もまた、江戸城・駿府城・知恩院の普請に尽力を尽くした。江戸では人夫達の為に矢野館と常磐橋の傍らに銭洗橋を架橋してその下に大きな壺を置き鐚銭で人夫達が入れる川風呂を作り、また鐚銭鋳造の為に太閤殿下の許しを頂いて京から後藤庄三郎達を呼んで、徳川家の譜代大名が伏見城普請で江戸城及び市中整備が出来ない間は矢野弾左衛門が中心になって江戸の町並みを築いてくれていた。大御所殿が譜代大名の他に信用していたのは、ここにいる佐竹中将義宣だけで藤堂高虎が江戸城普請の申し出があると許すが、直ぐに改築を中将殿にお願いして外部に城の図面が漏れない様にしていた。慶長三年には、鎌倉光明寺を関東十八檀林の勅願寺に指名して京知恩院と同格の浄土宗の檀林寺に命じた。慶長二十年光明寺真蓮社観誉祐崇が逝去すると祐崇僧の遺言通りに関八州勅願寺を増上寺に移した。

話は前後するが、将軍の知恵の薄さを知った大御所殿は豊臣家を生きているうちに必ず滅ぼし、太平の時代をと考え伊達陸奥守政宗に出陣を命じるとわしの処に来て、側室の長男秀宗の為に領地がほしいと云ってきたので伊予宇和島十万石を与え、宇和島の藤堂高虎を栄転と称して津へ移封して、我が弟水戸の頼房の長子頼重に側近を多数つけて高松藩を支藩として与え宇和島を監視し京への道を塞いだ。また秀宗の正室に井伊直政の姫を嫁がせた。大御所殿は、急ぎ翌慶長十九年江戸城の正月の宴に赴き竹千代に、『吾は、生まれながらにして将軍の子である。』と云わして国千代には家臣席の上席に座る様に指示をして上座には将軍であるわしが中心に座り、右には大御所安国院殿、左には竹千代が座って挨拶をして徳川宗家三代のお披露目をした。国千代はあくまでも家臣の筆頭であることを大御所殿の前で表し名を忠長と改め、竹千代は、大御所殿の一字を戴いて家光と改めた。この年は大坂の役を実行する為にまず、上総・安房を領地としていた里見安房守忠義を妻の祖父である小田原城主大久保相模守忠隣を改易した事の連座で伯耆倉吉藩へ移封した。鳥越の奥にあった檜前の牧を廃止して、これもまた矢野弾左衛門に命じて嶺岡の牧と云う広大な土地を確保して国主には土井大炊頭利勝を命じた。この嶺岡の牧で軍事訓練を父安国院殿は四回、わしは十数回鷹狩りと称して行い、蘭国から購入した大砲の威力を試した。この時造営したのが千住・行徳・東金御殿である。元和元年には豊臣家を滅亡させて我が姫千代姫も助けることが出来た。家光の住まい二の丸を造営して移した。本来なら忠長には駿府国主・正之には甲府国主を治めて貰いたかったが伊達陸奥守政宗が弟越後松平忠輝と同盟して徳川宗家を揺さぶろうと計画した為に大御所殿は忠輝を改易させた。余の命の方が政宗より先に終わりそうなので正之には甲府国主を任せることが出来なく申し訳ないが将軍を補佐して貰いたい。次に小平太には、主は利発で保科正之を助けて貰いたい。姓時代から将軍に仕えていて将軍にも信頼されているので二人で政を進めて貰いたい。佐竹近衛権左中将義宣殿には大御所殿がとても信頼していて律儀に厚く無理なお願いを常にこなしてくれて感謝していた。この二人の為に知恵を出してくれ、酒井宮内大輔忠勝は政宗の動向を探り正之に常に連絡をして佐竹義宣と共に二人を支え良き相談相手になって頂きたい。」

と、話すと二十四日二の丸で御前様秀忠公は逝去された。増上寺法主了学僧が導師を務めて厳かにも将軍が目立たないようにして質素に、増上寺で葬儀が取り行われた。三州大樹寺の住職が一品大相安国院殿、徳蓮社崇譽道大居士の大御所家康公の戒名にならって、一品大相台徳院、興蓮社徳與入西大居士と戒名を付けた。

　二月になると、伊達政宗は支倉六右衛門常長が墨西哥（メキシコ）へ渡ったと云われているのと同じ型の船で自国陸奥月の浦から江戸の桜田屋敷へ米を運び幕府へ脅しを試みた。

　保科肥後守正之は、城の御用部屋に井伊掃部頭直孝と阿部豊後守忠秋と佐竹近衛権左中将義宣を呼び付けて対策を練った。

「伊達陸奥守政宗が自国から米を江戸屋敷に運ぶ為に大船で来た。幕府に揺さぶりをかけて様子を見ようとしているが如何がしたら宜しいか。意見を聞きたい為に集まって頂いた。」

と、正之が云うと、

「幕府も同じ大きさの船を造り係留しては如何と思いますが。」

と、阿部忠秋が云うと続けて、

「保科正之殿には、将軍から鍛造銀五百枚を下賜させて頂き、天下に将軍の弟君として認めさせて政がしやすい様にしてはと考えます。」

と、井伊直孝が話すと、

「掃部頭には、御前様より江戸定住をお願いされていると聞いておりますので本年の帰国を最後にして頂き、来年からは江戸定住をお願いいたします。また新しく江戸の出城として世田谷城を加えて三十万石と致す様に将軍にお伝えいたします。」

と、正之が話すと、

「塩海道の小網町河岸の桟橋と行徳河岸を強固にして伊達対策として水軍の強化をしては如何と思いますが。」

と、佐竹義宣が云うと、

「それは、良き策である。近衛権左中将殿にお願いをしてよろしいかな。」

と、正之が云うと、

「直ちに矢野弾左衛門に伝え、指示をいたします。」

と、義宣がそう云って下がり神田屋敷に矢野弾左衛門を呼びつけて、

「弾左衛門、行徳の塩河岸の船着き場を広くして塩運搬船よりも大きい船が着けられる様に海底も深く削って船着場を造り直してくれぬか。」

と、義宣が話すと、

「判りました。何時から仕事に取り掛かれば宜しいのですか。」

と、弾左衛門が聞くと、

「直ぐにでも取り掛かって欲しい。行徳の船着場が出来たら急ぎ江戸に戻って小網町河岸も同様に船着場を直してほしい。その次に塩運搬船が座礁しないように澪標を打ってある小名木川の川底も深く削って貰いたい。塩海道の大川の千本杭の傍らに大船を留め置く予定になっているので宜しく頼む。」

と、義宣が云うと矢野は矢野館に戻り行徳での仕事をする者達を指名した。

城内では、保科正之が阿部忠秋と共にこれからの役職の打ち合わせをしていた。

「酒井宮内大輔忠勝殿を参議にと御前様からも云われていて考えていたが、御前様が亡くなり宮内大輔殿は伊達政宗対策の為に鶴岡におられます。将軍のお知恵の薄さで最近ではよくお会いになる様になった同名の酒井讃岐守忠勝殿に将軍は親しみを感じているよう見うけられます。」

と、豊後守忠秋が話すと、

「我々も他人事ではなく、城から離れることが出来ぬ、将軍に忘れられたら政務が出来なくなり春日の局と天海僧に政まで干渉されてしまうので、それだけは阻止せねばならぬな豊後守。傍役としてわしの傍らに常にいる様にしてくれ、土井大炊頭利勝と酒井讃岐守忠勝は大老としてまつりあげ、春日の局の子稲葉正勝を老中にして、将軍小姓役以来の阿部重次・太田資宗・三浦正次・堀田正盛・松平信綱とお主阿部忠秋を六人衆として政をして貰いたい。」

と、正之が話すと、

「井伊直孝殿は、如何したらよろしいのですか。」

と、忠秋が聞くと、

「井伊直孝公には、書院番頭をお願いして城全般の警備責任者になって頂き天海僧や春日の局殿の部屋への出入りを監視して頂きたいと考えています。掃部頭の役職の意味は、世継ぎ問題で意見がまとまらない時に井伊公が差配をすると云う意味で今は、我々だけで政をすべきだと考えておるが。」

と、保科正之が話すと阿部忠秋は肯いた。

　その頃、春日の局の部屋では天海僧と、

「天海、天皇さま、公家衆や比叡山の僧侶達に丁銀や銅銭を撒いて二荒山神社の建立や藤堂高虎の旧宅を利用して建てた円頓院の増築許可を頂き、此処までは上手にことが進んだが。」

と、春日の局が云うと、

「将軍様には、来春にでも再度京へ上洛して頂き、又丁銀を使って延暦寺の再建をしたいと思いますが。」

と、天海僧が云うとそこに稲葉正勝が局部屋に来て、

「お局様、只今保科正之殿より六人衆の一人として職を命じられました。」

と、母お福に正勝は連絡に参り、

「正勝、これからも保科正之殿と阿部忠秋の考えを教えてほしい。特に亜相大納言忠長殿の情報は直ぐに連絡する様に頼む。六人衆の他の者は誰だ。」

と、春日の局が聞くと、

「その件ですが、駿河亜相大納言忠長公を高崎城主安藤伊勢守重長殿に来春お預けになるそうです。」

と、正勝が話すと、

「その策は、誰の考えか。」

と、天海僧が聞くと、

「保科正之殿の側役として阿部忠秋殿がいて、御知恵出しが寛永三年十月に円照本光国師の勅号を生前下賜された金地院崇伝僧と増上寺法主了学僧と了学僧の父君佐竹近衛権左中将義宣公達で決めておられる様に聞いております。」

と、正勝が話すと、

「伝役であるお主なら判ると思うが将軍に常に目通りが許されているのは、誰じゃ。」

と、お福が聞くと、

「保科正之殿と阿部忠秋殿でございます。」

と、正勝が答えると、

「金地院が御前様の悪口を言っていると噂を流して御前様から遠ざける様に細川三斎に命じて上手にことが進んだが、金地院は肥後守殿の傍らに近づいていたのか手ごわいな。」

と、天海僧が云うと、

「阿部豊後守の行動には注意をしていてくれ。」

と、天海僧が続けて云った。

その頃、保科正之の御用部屋では円照本光国師が自分の死期が近づいたことを悟り、佐竹義宣・了学僧・阿部忠秋を前にして、

「以前、大御所殿・御前様にはお話をしましたが、天海僧の生い立ちについて少しお話をしておきます。惟任日向守十兵衛光秀の次男で幼名を十次郎と申して日向守の弟筒井順慶信教の子として養子に出された御年五十三歳の僧です。」

と、金地院崇伝僧が話すと、

「三淵家から養子に迎えられた古今伝授の歌人細川幽斎藤孝殿の子三斎忠興殿の正室は明智十兵衛光秀殿の姫君玉姫で、明智殿は一腹で男三女四の子がおりまして、長男光慶は丹波亀山城主でフロイス曰く欧州王の容姿を持っていたと云われている男子で、三男乙寿とともに二男子は山崎の役後直ぐに坂本の城で自害しましたが、光秀殿

の弟筒井信教殿は兄の子十次郎を家臣麻生吉衛門に命じて丹波宮津細川藤孝・忠興親子の処に姉婿を頼って連れて行きましたが、太閤殿下の力を恐れたのと父幽斎殿は三淵家からの養子の為に家臣達の密告を恐れて、直ちに細川忠興殿は会津藩主で我が弟蘆名義弘を頼って小僧として会津稲荷堂に預け当時の名を随風と呼んでおりましたが、太閤殿下の小田原攻めの折伊達政宗殿の野心の為会津攻めにあい、常陸の父君義重の処に連れて来て暫く江戸崎の弁天堂に住まわしていましたが、大御所殿からの命で伊達政宗対策の為に常陸から秋田への転封命令を受けて会津蘆名家は、佐竹家の一家臣として秋田へ帯同した為に随風僧を芳賀二宮の宗光寺に預けて来ました。その後は知らずに数年前に御前様のもとへ春日の局殿が連れて来たのが私としては、初めての天海僧との対面になりました。」

と、佐竹義宣が話すと、

「細川藤孝殿は、古今伝授の歌人で後陽成天皇の弟君智仁親王に新宮処桂離宮において離宮伝授をして、また後陽成天皇の子後水尾天皇にも御所伝授をなさいました。御前様の母君宝台院様と明智光秀殿の正室の父親服部保章殿とは異母兄妹だと言って御前様に近づいたそうです。」

と、円照本光国師が話すと、

「私の父義重によれば、光秀殿の正室は恵那妻木範凞の伏屋姫と話していました。妻木殿は、お福殿の父君斎藤利三殿同様に明智家の重臣だと聞いております。」

と、増上寺了学僧が話すと、

「細川忠興殿と正室玉姫との間には二人の男子がおりまして、嫡子長子忠隆殿の正室は加賀前田利家公の千世姫でありますが利家公が慶長四年に逝去しました、前田家嫡子利長殿が慶長十九年に逝去して、千世姫の兄利常公が後を継ぎ正室に御前様の珠姫が輿入れすると前田利常公を恫喝してまた、正室千世姫と離縁させたとの噂でございます。細川忠興殿は幕府の承諾も得ずに側室の子忠利殿を二代目の嫡子にしております。また京都所司代の話によりますと御前様が命じて政仁天皇と中宮との結納が整う以前のお与津典侍との間の二宮の殺害を指示したとか、中宮以外の女御衆の腹に宮様達が出来ぬように監視をしているとの噂を京都所司代に命じて宮中では御前様のことをひどく恐れる様に仕向けました。御前様は、大御所殿と同様に細川三斎・忠利親子と藤堂高虎・高次親子の両家の話は信用を余りしておりませんでした。」

と、阿部忠秋が云うと、

「天海僧の知恵袋は、誰ですか。」

と、了学僧が聞くと、

「判りません、江州坂本西教寺の住職が京の公家衆や比叡山の僧侶達の為に天海僧の指示で銅銭の鋳造をしているとの噂がありますが定かではありません。」

と、円照本光国師が答えた。

「御知恵の薄い将軍では、将軍と暫くお目通りをしないだけで忘れられてしまうので将軍が上洛の折にでもお供して坂本へ行かなくてはなるまい。」

と、保科正之が云うと一同肯き、そこに肥後の加藤清正の子忠広に参府命令を出して品川の宿に着いたところ藤堂和泉守高次殿より謀反の疑惑を掛けられているとの連絡が入り、審議することになった。

「子加藤光広が大納言忠長公と内通しているとの噂が父忠広公の処に入り、光広公を肥後に呼び説明を聞こうとしたところ忠広公の参府命令が来て、説明を聞けずに謀反の企てが有りと品川の宿で止められているとのことです。如何致そうか。」

と、保科正之公が話すと、

「誰からの話でありますか。」

と、佐竹義宣公が聞くと、

「藤堂高次殿と細川忠利殿からの連絡と我が家臣が言っておるが。」

と、保科正之が云うと、

「また、加藤家いびりを笄（こうがい）欲しさに藤堂・細川両家がしているのでしょう。」

と、佐竹義宣公が云うと、

「この時期に加藤忠広公には申し訳ないが藤堂高次殿や細川三斎・忠利親子が伊達政

宗と与されても困る。」

と、阿部忠秋が云うと、

「加藤主計頭清正公が二条城での大御所殿と豊臣秀頼公との対面の儀の仲介準備の為に心労で亡くなり十一歳で幼少の忠広公が藩主になりました。世話役に幕府は藤堂和泉守高虎殿を指名しましたが、太閤殿下の頃では力関係が違うことに加藤家家臣達の中では藤堂家に対して不満がたまっていました。忠広公の子光広が謀反を企てているとの噂を藤堂家家臣が流したのでしょう。」

と、佐竹近衛権中将義宣が云うと、

「中将殿は、如何にと御考えかな。もう少し説明をお願いしたい。」

と、保科正之が聞くと、

「江戸の金座頭後藤光次の師である京の初代金工師後藤祐乗の作と云われている（濡鳥図笄）と云う金細工笄を足利将軍義政公に献上しました。時代が移り政に関与出来なくなった将軍義輝公は、秀隣院庭園造営の為に後藤家に金箔代として引き取らすことを考え四代目後藤光乗が預かりました。暫くして明智光秀殿が織田信長公と足利義照公との仲を取り持ちたいので後藤家に何か良き品がないか相談をすると、この笄の品を見せ説明すると明智光秀殿は、織田家の家臣になる為に黄金十枚で後藤家から譲り受け将軍足利義照公から織田信長公への下賜の品として明智光秀殿自らが信長公へ届けました。その後本能寺の変後太閤殿下が信長公の遺品分けでこの笄を細川幽斎殿に与えず加藤清正公へ与えたことを妬み、細川三斎・忠利親子は大御所殿・御前様に加藤清正公の子忠広公の悪口を伝えました、忠広の守役をしていた藤堂高虎も太閤殿下の時代は地位が違うにもかかわらず、忠広公を脅かし加藤家家臣達は不満を抱いておりました。藩政に力を注ぎ薩摩島津公にも睨みをきかして徳川宗家への忠臣を務めるあまり江戸での生活が少ない為、孫の光広公が江戸藩邸で大納言忠長公と密会しているとの噂がたち藩主忠広公は肥後に呼びつけましたが、謀反の嫌疑をかけられて忠広公参府命令が届き品川宿に着いたら入府差し止めになったのは、藤堂高次殿と天海僧の策と思われます。数年前に加藤忠広公の家臣が後藤光乗作の笄を我が藩邸に持ち込み前田家に渡して頂きたいとのことで仲介の労を取って前田家へお渡しをしました。」

と、佐竹義宣が云うと、

「大御所殿・御前様も細川親子と藤堂高虎の城縄張りは信用していなく、直ぐに中将殿に変更をお願いをしていたが、今細川家と藤堂家両家が伊達政宗殿と同盟されるのも一大事である。」

と、保科正之が云うと、

「加藤家は、清正公以来四十余年肥後の国を治めて薩摩島津家にも睨みをきかして太閤殿下家臣でありながら徳川宗家の為によく働いてくれていますが、孫の光広殿や家臣達は豊臣恩顧の大名として藤堂高虎の行動が許せずにおり、また加藤忠広・光広親子は、将軍の知恵が薄いことを知らずに将軍とのお目通りがなかったことも一因かもしれませんが謀反の噂が出た以上、伊達・藤堂・細川家が連合をされても困るので加藤家の取り潰しをしても阻止をしなければなりません。直ぐに酒井宮内大輔忠勝公を呼び、事情を説明して加藤忠広公のお預けをお願いして当家の蘆名家と同様に酒井家の家臣としてお預けをお願いしたら如何でしょうか。子光広公は暫く飛騨高山の金森重頼殿預けの流配にして、大御所殿が丹波宮津から豊前中津・小倉へ移封した細川忠利殿を肥後藩へ移封して天海僧にも春日の局殿にもよく会う父君三斎殿にも隠居領として八代を与えては如何でしょうか。大御所殿が一国二城を許した加藤家と酒井家と同格にして加藤家が如何に藩政に努めているか知らしめたら如何ですか。大御所殿逝去後に伊達政宗公も一国二城を許可して貰いたく御前様に若松城建築許可を申し出ていましたが許されずにいましたが、三斎殿を江戸から離し天海僧・春日の局・伊達政宗公達と会うことが出来なくするための隠居領を与えて八代へ行かしては如何ですか。」

と、中将義宣が云うと、

「あい判った。」

と、保科正之は云って将軍への御目通りの為に伝役稲葉正勝を呼びつけた。

「肥後藩、加藤忠広・光広親子謀反の嫌疑について報告に参りました。また流配先の件と、肥後藩への転封大名の報告に参りました。」

と、正之が云うと、黒書院には将軍家光の他に天海僧・春日の局と稲葉正勝が立ち会い、

「肥後の国主加藤忠広には謀反の噂があり酒井宮内大輔忠勝公へお預けと致します。」

と、保科正之が云うと、

「正之、酒井忠勝は讃岐の守ぞ。」

と、将軍家光が云うと、

「間違えました。」

と、保科正之が云うと家光は誇らしげな顔になっていた。

「肥後城主には、細川三斎・忠利親子を小倉から移封を考えております。」

と、正之が云うと、

「あい、判った。」

と、家光が直ぐに云うと、

「細川三斎公は、江戸詰めで宜しいのではないかな。」

と、天海僧が云うと、

「三斎殿にも、隠居領として八代領を与えます。大御所殿・御前様が遺言としていた一国一城に反して細川家には江戸開府以来城の縄張りなど徳川宗家には協力的であり

ましたので厚礼を持って移封をお願いします。また、御前様の遺言でありました井伊直孝殿に江戸定住をお願いして、駿府城御成番の役を廃止、新たに書院番頭として城警備の役をお願いしたいと思います。」

と、正之が云うと、

「では、二荒山神社にも警備を置いては如何か。」

と、天海僧が云うと、

「如何にしたら宜しいのですか。」

と、正之が聞くと、

「忍城城主を二荒山見張り番城として、二荒山へ警備をさせては如何かな。」

と、天海僧が云うと、

「それは良い考えです。城主には如何なる御人を置きましょうか。」

と、正之が聞くと、

「将軍の信任が厚い松平伊豆守信綱殿が適任と考えるが。」

と、天海僧が答えると、

「あい、判りました。伊豆守に伝えましょう。」

と、正之が云うと黒書院から下がり、円照本光国師・佐竹中将義宣・了学僧・阿部忠秋が待っている御用部屋に戻ると直ぐに黒書院での出来事を話し始めた。

まだお目見えをしたことのない円照本光国師が、

「本当に、将軍はお知恵が薄いのですね。忠勝殿を宮内大輔公でなく讃岐守公と申すとは。」

と、云うと、

「将軍は、もう忘れていると思うので予定通り庄内藩預けとするが、宜しいかな。」

と、保科正之が云うと一同異存なく肯き、

「忍城城主に松平伊豆守信綱殿をと申してきたのはどちらの御仁か。」

と、佐竹中将殿が聞くと、

「天海僧だ、細川忠興・忠利親子が薩摩島津家睨みで肥後へ転封されて、三斎殿が江戸定住できず、井伊掃部頭直孝公が江戸定住になったことへの策と考えますが。」

と、正之が云うと、

「天海僧と伊豆守公との関係は如何に。」

と、了学僧が聞くと、

「私と同じく将軍家光公付小姓で、実父は大河内久綱殿で養父が長沢松平正綱公でございます。何故天海僧との繋がりが出来たのか判りません。」

と、阿部忠秋が話すと、

「わしの生涯もそうは長くないので、京には戻らず、江戸の金地院で暫く過ごそうと思っている。就いては、皆様に一言話しておきたい。天海僧は京の後水尾上皇に丁銀の付け届けをして不忍の円頓院の寺号願いをしているとの噂でございます。上皇も何時かまた政を京へ戻したいと考えていて丁銀を集めて有力大名を探しているとの噂がございます。山院寺号がある比叡山一乗止観院延暦寺の説明をさせて頂きます。和同五年の古事記撰録によりますと、天智七年に天皇が大津京遷都の折に大山咋命を奈良三輪山より日吉の地に勧請をして近淡海国の日枝山と云う処に神代よりの地名稗叡山の地に鎮座致したと書かれております。このことを考えると「ひえい」の字は「日枝・日吉・比叡・稗叡」山一乗止院延暦寺と云うことになりどの字も正しいことになります。円頓院の西には池がありますが東には湖は御座いません。日吉とは東に面した日当たりが良い所を意味しております。仏教が伝来して仏教と神道が結びつき本地である仏が姿を変えて日の本の神となり神は仏の迹を垂れて権に現れたもの、即ち権現が神であると云う本地垂迹説からきて天智の御代から大日如来は天照大神、牛頭天王は素戔男命、大黒天は大国主命を表して桓武天皇が寺号を延暦寺に与えて仏を護らし日吉社を守神とし阿弥陀如来は八幡神が菩薩号を贈られて仏教を護る神としてあるとのことのようですが、円頓院は大御所殿が江戸入府の時にはなく鳥越明神が先にあったのみでございます。日吉大社は元亀二年信長公の延暦寺焼き討ちの時大社も焼失しましたが太閤殿下が猿の化身で日の下の殿下として大社だけは再建されました。

その時以来この大社は、地主神比叡の守護神と天智天皇の遷都による奈良三輪山の主祭神を祀る二神を祀っております。江戸の日吉大社には、御前様が大御所殿逝去の折百石の朱印を出しております。」

と、円照本光国師が云うと今日のところは各自屋敷に戻った。

神田の屋敷に帰った佐竹左近衛権中将義宣は追い腹について嫡子義隆と家臣達を集めて話を始めた。

「御前様秀忠公が逝去なされて追い腹をなされたのは、近侍の森川重俊殿のみで御前様の治政が良かったことを表している。追い腹には三種類あって、慕い腹は大御所殿逝去の折初代矢野弾左衛門の行動で大御所殿との出会いがなければ矢野の人生も無かった。次に森川殿の様な名誉腹で将来子孫の為に名があがり子供達の役が上がる様にするためであるが、今回の追い腹では御役は上がらないと考える。最後に一番してはいけない追い腹で不公平腹とあえて言うが、わしの生涯もあと幾ばくかの命と思うが佐竹家からは、主君の家来が待遇に不平を持つことによる追い腹でこの様なことがないように藩政に努めて頂きたい。義隆、家臣・領民の生活を気遣うに努めよ。」

と、義宣公が話すと義隆及び家臣達は義宣公にひれ伏して頭を下げた。

城内では、お福・天海僧が徳川埋蔵金を探したがなく、駿府城御成番をしていた家臣から久能山に三百万枚の金小判があるらしいとの噂を聞きだし、松平伊豆守信綱に秘密裡に江戸城へ運ぶ様に命じた結果金百八十万枚の甲州豆金を手に入れた。京の後藤徳乗・長乗親子に二万枚の丁銀豆を鍛造する様に依頼して、翌年の江戸城新年参賀の時に有力大名に百枚から五百枚の丁銀を渡し将軍家光の権威を上げることに成功させて、二荒山神社の普請と円頓院大増築の普請にも豆金を使った。このお蔭で江戸・京・大坂では急速に貨幣経済が進み職人も各地で生活が出来る様になった。特に京・大坂では丁銀から緡(びん)銭の両替が商売として成り立ち、緡銭にも二種類あり公家衆・比叡山の僧侶達が使う銅銭には表・背にも七曜の柄が鋳造されていて両替商で丁銀に交換が出来た。表だけ鋳造されて背がない鐚銭は平民や職人達だけに以前から流通していた。表背とも鋳造してある銅銭は、公家衆・下士・僧侶・平民・職人達のどの層にも使えるが、背面がない鐚銭は公家衆・下士・僧侶達へ持ち込むことは許されなかった。

翌寛永十年一月下旬江戸の増上寺内金地院で円照本光国師が法主了学僧に看とられながら失意のうちに亡くなった。

保科正之は、外桜田に上屋敷を造営して井伊掃部頭直孝・佐竹義宣・阿部忠秋と三代目矢野弾左衛門を呼んだ。

「本年も又、忙しい一年になるが宜しく頼む。さて、京・大坂を中心に緡銭が流通して両替商とか云う商売が成りたっているそうだが御存知か。」

と、正之が聞くと、

「長吏頭として一言話をさせて頂きますことをお許しください。江戸開府以来、大御所殿より矢野家に指示がありまして二十八職の長として統治して参りました。この二十八職とは、以前三品十職と云われていましたが、いつの時代からか判りませんが二十八職となりまして、大きく分けると四種類に分けられます。一つは、河原者と呼ばれる者達で武家同士の戦に負けた男と女が中心で女は傾城屋に拾われて公家達に引き取られて女御・更衣・内侍などの側室になる者達や河原で白拍子・游女・夜発などになりその日暮らしをする興女達であります。男は、刀遣いが上手な者は特技を生かして屠児と呼ばれて牛・馬の捌きをします。残りの男女達は河原で芸を見せて生活をします。次に唱聞師と云われている者衆で七種類の衆がいて河原で芸を見せる者達と同じく芸を見せます。次に犬神人と云いまして武器の弓を作る者衆で神社・荘園から施しを受けている者衆です。最後に庭者と呼ばれる十一の業種で十職の流れをくみ今はこの業種が細かく分かれています。昔は黒鍬と言って戦の陣を整える仕事をしていました。特に織田信長公は戦場に帯同して永楽通宝の旗の下に集めて敵方も攻めず、味方の加勢もしない者衆の集まりで鐚銭を渡していました。」

と、矢野が説明すると、

「河原者や黒鍬衆とは、どの様な者達か。」

と、保科正之が聞くと、

「河原者達の歴史は古く、戦で負けた多くの女衆は勝者の女衆になります。有名な話では平清盛公が源義朝の女衆で義経公を産んだ常盤を側に置きその後平家が亡びると常盤は藤原長成に嫁ぎました。公家・武家達の戦に負けた多くの女衆は、勝者の公家・武家の側女になりました。太閤殿下の時代まで続き側女になれなかった女衆は京の傾城屋で公家衆の女御になりました。傾城屋に入らずに河原で舞いをする者もいました。黒鍬衆をまとめたのは先ほども話しましたが織田信長公が、鉄砲隊を組織した為に土塁を築いたり、木の棚を作ったりする者を連れて戦をしました。大御所殿は石田治部少輔三成との役に負けた西軍の家臣達を武士としては決して採用を許さず江戸へ来た者達はすべて我が処か車善七の処が預かりました。人夫として働く者は車一族が預かり、手が器用な者達は我が家が預かり庭者や唱聞師として育てました。」

と、三代目矢野弾左衛門が話すと、

「庭者とは如何なる者達か。」

と、正之が聞くと、

「壁塗りをする者・土焼き鍋を作る者・砂鉄から鉄を取り出す者・石切りをする者・素焼きの土器を作る者・すげ笠を編む者・藍染めをする者・証文を入れる壺を作る

者・馬の毛で筆を作る者・煤で墨を作る者・鍬などの農具を作る者達のことです。織田信長公が明智日向守光秀に命じて領地坂本に城造りの基礎となる石積の名人達を集めた村があるそうです。」

と、弾左衛門が云うと、

「城の石垣を造る者達だけを我が領地穴太村に集めて生活させ織田信長公・太閤殿下は各大名の城造りを手伝わして城壁の見取り図を提出させました。」

と、井伊直孝が云った。

「では、矢野が話した最後の庭者とか云う職人達を十種類にまとめて作事奉行扱いとして、江戸・京・大坂の発展に努めさせ銅銭を流通貨幣として生活できる様にしたいと思うが如何かな。」

と、保科正之が云うと、

「京には、小堀遠州とか申す者がいて千利休・古田織部の茶道を受け継ぎ鉢叩きの芸で茶筅を石清水八幡の境内で売り空也上人の様に暮らしているそうです。また、造園技術にも優れていて、住職松花堂昭乗から八幡宮傍らの瀧本坊に空中茶室閑雲軒を造営依頼されたこともあります。京都所司代様にお願いして作事奉行方にお加えください。」

と、矢野弾左衛門が云うと、

「大御所殿・御前様が褒めていた蒲生三代が近江・伊勢・会津で士庶別居住区分を実施した様に江戸市中もすべきと考えますが。」

と、阿部忠秋が云うと一同同意するが、

「今の江戸では、春日の局殿や天海僧が将軍の威光を盾に二荒山神社・円頓院の普請に金を使っていては無理で御座います。」

と、佐竹義宣が云うとまた一同肯いた。

「時をみて考えよう。矢野支配から十一の職を作事奉行扱いにして不都合はないかな。」

と、正之が云うと、

「江戸では、私ども矢野家が差配しておりますが、大坂・京では誰が差配しているか判りません。また、この他に塩魚・塩・糀の三品役儀差配しておりますが、この新しい黒鍬衆十一職は如何致しましょうか。」

と、矢野が聞くと、

「豊後守が話した様に作事奉行扱いにした後、将来は佐竹藩神田屋敷辺りに業種ごとに居住して貰い町屋を形成してもらう、今は無理であるがこの十職は細工扱いとして矢野屋敷から報酬として銅銭を出して貰いたい。京・大坂は、所司代配下に作事奉行を置き坂本・渡辺で銅銭鋳造を許可していく。」

と、正之が云うと、

「今、新鳥越では背に七曜の鋳造をしてない鐚銭しか認められていませんが、後藤家と同様の表・背がある銅銭鋳造をすることになりますが。」

と、矢野弾左衛門が云うと、

「江戸では、これから後藤家には寛永通宝の銅銭鋳造を少量にさせる。細工代金として支払った銅銭の枚数は矢野弾左衛門が必ず奉行所へ日々報告することとする。大坂では所司代が渡辺の銅銭鋳造を管理監視をし、京では所司代が坂本の銅銭を管理監視をして流用しないように強化することと致す。」

と、保科正之が云うと、城から稲葉正勝殿が将軍の命で御前秀忠公が出した寛永の鎖国令を再度出す旨の連絡をしに来た。

「稲葉殿、御前様が鎖国令を出した意味を御存知か。」

と、保科正之は激怒して話を続けた。

「伊達陸奥守政宗公が大船を造り江戸まで米を運びながら海から江戸に来た為に、御前様が大船造船技術を外国から修得出来ぬ様にする為に御前様が鎖国の命を出して、大船造船技術の向上が伊達家に伝わらない様にしたい為に出した命令で、誰が考えたのか。」

と、正之が聞くと、

「春日の局殿と聞いております。」

と、正勝が答えると、

「稲葉殿、将軍の為にお母上が考えるのは判らぬではないが。天下の政である。必ず保科か阿部殿の許可を頂いてからにして頂きたい。また、政には女子は口を出さずに頂きたいと春日の局殿にお伝え下さるようにお願いをいたします。」

と、正之が云うと稲葉正勝は保科屋敷を後にして城に戻りお福と天海僧がいる部屋に連絡の為に入った。

「正勝、鎖国令の発令と大納言忠長公の高崎への幽閉は何時と申しておられた。」

と、お福が聞くと、

「幽閉の話はまだしておりません。」

と、正勝が云うと、

「では、明日再度城に参内したらお聞きください。」

と、母春日の局が怒った様に云うと正勝は、鎖国令の話はできずに部屋を出た。

「天海、保科正之殿と阿部忠秋は我々には政をさせぬ考えのようだな。」

と、お福が云うと、

「お局様の指示で松平伊豆守信綱殿が久能山から紅葉山に運んだ甲州豆金百九十四万個のことは知られていないようです。忠長公の幽閉が決まりましたら、直ちに京の後藤家に再度丁銀四万九千五百三十貫目の鍛造と五百五十個の豆板銀鍛造をさせて公家衆・比叡山の僧達に配布致しましょう。」

と、天海僧が云うと、

「それだけの大量の丁銀を鍛造させたら京都所司代から幕府へ連絡がいくぞ。」

と、春日局が心配して云うと、

「後藤家に直接連絡して甲州豆金五千個と交換だといえば宜しいかと思います。」

と、天海僧が云うとお福も微笑んだ。

亜相大納言忠長公の高崎幽閉が決まると九月高崎城城主安藤重長が預かり、忠長公は十二月に自害をした。享年二十九歳の人生で臨終して高崎大信寺で弔われて法号を峯厳院清徹曉雲大居士と頂いた。また、春日局の子老中稲葉正勝も心労の為に没した。

保科正之の外桜田屋敷には佐竹義宣・義隆親子が新年の挨拶に見えて、

「肥後守殿、新年の挨拶に参りました。此処におります義隆は弟岩城貞隆の子で御前様より許しを受けて嫡子にした子でございます。」

と、佐竹近衛権左中将義宣が云うと、

「新年あけましておめでとうございます。佐竹近衛権左少将義隆で御座います。」

と、義隆が挨拶をすると、

「近衛権左少将殿、父君には政では色々とご指示を頂いておる。父上の様に余に良き指示が出来る様に知識を豊富にしておいてくださいい。」

と、優しく正之が云うと、

「恐れ多きお言葉で御座います。屋敷でよく書を読み、市中の見聞を広めます。」

と、義隆が云うと、

「肥後守殿、余の余命も幾ばくかと思います。我が嫡子義隆を早めに一度国元に帰したいと思いますが、お許しを頂きたく参上いたしました。」

と、義宣が云うと、

「以前、御前様から中将殿の本来の嫡子は増上寺貫主了学僧と聞いておるが。」

と、正之が聞くと、

「今から十数年前の慶長十三年城において、三州岡崎大樹寺登譽感応上人と増上寺貫主真蓮社源譽存応僧が御前様の立ち会いの下、西福寺寺主真蓮社貞譽願故了伝僧の遺言として我が嫡子を西福寺二世として正譽了学僧の名を頂きました。元和六年増上寺において存応僧の死期が迫り、了学僧と私が立ち会い、西福寺三世を我が家臣正木の子を迎え了学僧は増上寺貫主に迎えられました。鎌倉材木座光明寺の真蓮社観譽祐崇僧が存命の時代は大御所殿との約束で浄土宗関東十八寺檀林の本山でありましたが、没後大御所殿と共に江戸開府に努力した弟子の存応僧の増上寺に変更致しました。了学僧は京の総門知恩院にお願いして存応僧諡号普光観智国師を存命中に下賜されました。」

と、義宣が話したことを養子嫡子義隆は初めて聞き、佐竹家と徳川宗家との繋がりの深さを知った。

「中将殿には、まだまだわしの為にお知恵を出して頂きたい。嫡子義隆殿の帰国願いは許可を致します。また、敦賀から種子島三百丁をお国へ運び陸奥守との戦に備えて頂きたい。将軍の弟でわしの兄にあたる忠長公が高崎で亡くなり、稲葉正勝殿も亡くなって将軍伝役を阿部豊後守忠秋が行い、大樹内大臣公の上洛日を明年六月頃したいと考えている朝廷と相談して決めなくてはならぬ。上洛の折には豊後守とわしもお供をしなければ天海僧の行動が心配になる。少将殿の参府も早めにお願いして五月には江戸へお戻りして頂き、父君と共に江戸の留守をお願いしたい。」

と、肥後守正之が云うと佐竹親子は保科公の願いにそって行動することになった。

保科正之屋敷を出て佐竹親子は歩いて神田の屋敷まで行くことにした。

「わしが、初めて江戸に来て早三十数年経ったが、江戸の発展は大御所殿・御前様と多くの譜代家臣達の賜によって今日がある。父義重によれば、そちも存じておると思うが初代矢野弾左衛門が武蔵国府府中にいらした大御所殿の下へ赴き北条氏が穢土と呼んでいたこの地を、保科屋敷で話した鎌倉光明寺寺主祐崇僧が同行していて直ぐに江戸と改めさせて、厭離穢土・欣求浄土の八文字を白地の布に書きそれを旗として先頭にして板橋宿を通って江戸へ入府した。大御所殿は府中に国府をと考えていたが初代矢野弾左衛門から江戸の地から船で四里余りの行徳と云う場所では後北条氏時代、塩を生産していたことを知らされこの江戸の地を新しい国府にした。豊島郡七領十庄の奥地江戸に入府すると直ちに行徳からの塩の道を矢野弾左衛門に命じて澪標を打たせて安全な航路を造り、檜前の牧を嶺岡の牧へ移した。大坂の役の時は嶺岡の牧で鷹狩りと称して大砲の訓練をして臨んだ。父義重が常陸の国主時代会津の蘆名家からの願いで弟義弘を養子に出して蘆名義弘と名乗らせた。太閤殿下の小田原攻めに参陣している隙に伊達政宗殿が会津を攻めてから小田原へ参陣したが太閤殿下からの命令で会津から伊達政宗殿は退却したが、会津の新しい領主には蒲生氏郷氏がなって、負けた弟蘆名義弘が父義重を頼って逃げて来た時に連れて来たのが当時随風と名乗っていた今の天海僧である。常陸の国を大御所殿の六男信吉公への領地とする為に、また大御所殿からの命である伊達政宗殿対策の為に我が父義重は、秋田へ移封となった。我が弟蘆名義弘は佐竹家の家臣として角館に赴任して陸奥の国への道を確保することに努めた。どのようにして天海僧が春日の局に近づいたかは知らぬが将軍はお知恵が少し薄いと聞いておるが、後水尾上皇が将軍宣下の為に京へ下向する様に命じられ御前様から相談を受けて二条城での初対面の折、如何にしたら良いか相談を受けて左右に玉座を設けて御簾をかけて御簾越しに対面をして頂き丁銀箱を将軍の玉座横において渡したら如何ですかと提案をして、上皇に悟られぬ様にして無事に初対面を終わらせた。わしも御前様の時代と違って将軍様との対面は少なく御簾越しに年一度位お目にかかるだけで、お主はお目見えがかなわぬかもしれぬから保科正之公と阿部豊後守忠秋公と庄内酒井宮内大輔忠勝公とは連絡を密にして御傍にしっかりとお仕えしなければいけない。」

と、話をしていると二本橋を渡り橋の袂では魚市場があって、又義宣が話を続けた。

「この二本橋は、鳥越橋と同じ機能を持っていて二十年毎に必ず架橋し直すように大御所殿より指示があり江戸における最重要橋で、常時渡れる様に二本あり、一本が壊れても修理しながら渡れて戦の時は、二本とも壊し侵入できないようにする役割がある。その証にこの二つの橋には擬宝珠がある。鳥越橋から七曲がりと云って北からの伊達軍が攻めて来た時、態と細い道を造り入ることが難しくなっている。だから先日来伊達政宗殿が船で江戸に米を運ぶ為と申して来た事に保科殿は鳥越橋の効果が薄らいでいるのではと悩んでいるのだ。この二本橋の袂では矢野の差配で塩・灯芯・塩魚が城への役儀の残った物を銅銭・鐚銭で売ることが許されている。以前保科殿は銅銭・鐚銭の統一を考えておられていたので、近く貨幣が変わるかも知れない。大御所殿・御前様は蒲生氏郷・秀行・忠郷の蒲生三代を高く評価しておられて、士庶別居住区分とか云う区割りを保科殿も江戸で採用して町並みを改造するように阿部忠秋殿が御前様の遺言で考えておるそうだ。我が江戸屋敷も移動があるかも知れない。」

と、義父義宣が云うと、

「蒲生忠郷公の室は大御所殿の姫と聞いておりますが、何故無嗣断絶なのですか。我家も同じではありませんか。」

と、義隆が聞くと、

「大御所殿・御前様は徳川宗家・譜代大名には厳しく法度を護らして規律が揺るぎない様にしたいと考えておるからだ。」

と、義宣が云うと義隆は脳裡で自藩も規律を厳しくしなければと考えた。

「本来蒲生家は近江国の出身で氏郷公は近江・伊勢で商人の扱いに優れていた人物であった。」

と、義宣が話をしていると神田の屋敷に近づき最後に一言、

「阿部豊後守が江戸市中の為に何か考えておるので屋敷の修理は余りせぬように。」

と、云って屋敷の中に入り家臣達の新年の挨拶を受けた。

　御前様秀忠公が逝去され、保科正之は伊達政宗殿の監視を強化する為に米沢上杉家に命じて品川沖に嶺岡の牧にある御殿を模して造営させた御殿を将軍を鷹狩りと称して数回利用させた。

　五月になると将軍家光公は二荒山神社に神社領として七千石を与え、上洛の総大将には酒井忠世を指名し、天海僧・保科肥後守正之・阿部豊後守忠秋が付き添いでお供

をして大樹内大臣は上洛することになった。また、阿部忠秋からの連絡で矢野弾左衛門と配下の者達も連れて京都所司代作事奉行配下の小堀遠州が造園した仙洞御所と二条城の花畑の手入れをさせることになった。その頃天海僧と春日の局は京後藤家の使いの者と打ち合わせをして鍛造甲州豆金五千個を渡して二条城の天海僧の部屋に丁銀と豆板銀五万個を届ける様に約束をした。京に着いた保科正之と阿部忠秋は興子天皇から呼び出しがあり御所へ向かった。

「保科正之には正四位近衛権左中将の冠位、阿部忠秋には従四位下参議の冠位を与える。」

と、天皇から下賜された。

「有り難き幸せで御座います。お礼に宮中の庭の手入れを江戸から連れて来た庭師にさせたいと思います。」

と、阿部忠秋が云うと、

「それは有り難い。よきに手入れをして頂きたい。」

と、天皇から冠位を賜って居た頃天海僧は、仙洞御所で後水尾上皇と対面して、

「上皇様のお蔭をもちまして二荒山神社も円頓院も普請が進んでおります。就いては、円頓院を延暦寺と同様に寺号寺院にして頂きたいと思いますが宜しくお願い致します。」

と、天海僧が丁銀の入った中開きの箱を二つ見せると上皇は、

「こちらからも頼みがある。織田信長公の焼き討ちにあい太閤殿下が再建に少し手を貸したが、大御所殿・御前様の時代は天台宗本山延暦寺の普請が進んでいない、幕府の力で延暦寺の大普請をして貰えないか。」

と、上皇が話すと上皇のお許しを頂いて控えの間に待機していた坂本の西教寺住職が入り天海僧が、

「ここにおります僧は、近江坂本西教寺住職で御座います。この地で銅銭を鋳造しております。延暦寺の小普請はこの西教寺住職にお申し出をしてください。大普請は京都所司代を通してお願い致します。」

と、天海僧が云うと、

「それは有り難い。京には何時までいるのか。」

と、上機嫌に上皇が聞くと、

「二、三月間はおります。」

と、天海僧が答えると、

「あい、判った。」

と、云って上皇は御所の奥へ下がった。

阿部豊後守忠秋は、朝廷から冠位を頂いたくらいでは臆することなく、まず矢野弾

左衛門に御所と仙洞御所のお花畑の手入れをさせながら興子天皇と後水尾上皇の処へ来る来客を調べさせて報告するように命じた。京都所司代の屋敷で阿部忠秋が所司代板倉周防守重宗と話していると、矢野弾左衛門が面会を求めて、

「豊後守殿、仙洞御所によく伊達家の家臣が出入りしておりますが。」

と、矢野が報告をしに来た。

「本年秋に伊達忠宗公の側室に公家藤原家の隆子姫との婚礼がある為です。」

と、板倉が答えると、

「仙洞御所へ何故出入りするのだ。上皇家と姻戚関係はないのだな。」

と、阿部が聞くと傍にいた板倉の家臣が、

「後水尾上皇と藤原家とは、姻戚関係は御座いません。」

と、答えると板倉は安堵して、

「昨日、将軍の行列が近江の方向へ行かれたと家臣から報告を受けておりますが。豊後守様はご存じで御座いますか。」

と、聞くと、

「確か、彦根の井伊家に呼ばれてお茶を頂きに井伊家の家臣が迎えに来たとの報告を受けておる。」

と、阿部が答えると、別の板倉の家臣が、

「所司代様、本日朝廷・公家衆及び比叡山の僧達に大量の豆銀が配布されているとの噂が流れております。」

と、云うと阿部忠秋は驚いた様子で、

「板倉殿、直ちに後藤家の者を呼んで頂きたい。」

と、云うと板倉は家臣に伝え、遣いを急ぎ出して後藤長乗を伴って屋敷に帰ってきた。

「後藤長乗、如何にして丁銀・豆銀の鍛造をした。銀の鍛造は、必ず幕府の許可を貰う為に所司代へ許しを伺う約束ではないか。」

と、豊後守は怒った様子で話すと、

「将軍が上洛する以前に江戸へ呼ばれて春日の局殿から甲州金を頂き、その分量に応じた丁銀と豆板銀を鍛造するように命じられ上洛の折二条城へお届けいたす約束をして先日お届け致しました。」

と、後藤が話すと阿部豊後守は驚き、

「甲州金を春日の局から頂いたと。」

と、阿部は念を押すように聞くと、

「はい、そうで御座います。」

と、後藤長乗が云うと話を続けた。

「春日の局殿のお話ですと、大御所殿が下山殿から甲州金の隠し場所をお聞きになり、お二人の間の子信吉殿が成人になったあかつきには武田家を再興して甲州国主になった時の為に久能山へ隠しておいた甲州金と申しておりました。信吉殿他界の折春日の局殿が将軍家光公が必要な時、久能山から出して使うように大御所殿から遺言されたと申しておりました。」

と、後藤が云うと、

「あとどの位あると申しておった。」

と、豊後守が聞くと、

「判りません。」

と、答えた。

「話は変わるが京・大坂では銅銭と鐚銭鋳造は何処でしているのか。」

と、阿部が穏やかに聞くと、

「表・裏がある銅銭寛永通宝は近江坂本の西教寺傍らで少し鋳造していると聞いております。表のみの鐚銭寛永通宝は摂津渡辺で大量に鋳造していると聞いております。」

と、答えると、

「西教寺とは、天海僧が延暦寺へ参る時必ず寄る寺ではないか。」

と、忠秋が云うと、

「信長公の焼き討ち以来、延暦寺再建の拠点になっており、明智光秀の墓があるそうです。」

と、京都所司代板倉重宗が答えた。

「今日ここで話したことは決して他言してはならぬ、無論春日の局様にも云うな。また呼び出すので宜しく頼む。」

と、云って阿部忠秋は二条城へ戻った。

「将軍様は、どちらに。」

と、阿部は将軍御付きの家臣に聞くと、

「将軍様は、彦根の井伊様お使いの者がお迎えに来て茶会の為に彦根に参りました。」

と、家臣が話すと自室に入った。

　翌日から暫くの間お忍びで京市内・大坂へ見回りに出ることにした。お供は矢野弾左衛門を連れて行く許しを得る為に保科正之の執務室へ向かうと、

「丁度よい処に参った。将軍はお茶会の誘いがあって彦根に参っておる。わしは、暫く京・大坂を見て回りたいので豊後守に執務をお願いしたいと思っていたところだ。」

と、正之が云うと、

「私も、今京市内・大坂見回りの許可をお願いに参ったところです。」

と、云うと二人は大声で笑い、

「では、先に豊後守が見回りに参られ、お供は誰を連れて行くのか。」

と、肥後守が聞くと、

「矢野弾左衛門を連れて摂津の方まで足を延ばしたいと考えております。」

と、忠秋が答えると、

「では、わしは京都所司代板倉を連れて堺の方へ行ってみよう。豊後守が二条城に戻り次第わしは出るが、お互いに将軍に忘れられぬ様に致そう。」

と、二人は笑いながら話して、

「昨日、所司代屋敷に後藤長乗を呼びつけ春日の局が天海僧に云われて大量の丁銀・豆銀を比叡山の僧侶や公家衆に配布したそうです。」

と、阿部が云うと、

「所司代に連絡はあったのか。」

と、正之が聞くと、

「ありません。春日の局御用部屋で甲州豆金五千枚を貰い丁銀鍛造の依頼があり、二条城に届ける約束をして今日に至ったようです。」

と、忠秋が答えると、

「何故、春日の局が大量の甲州金を隠し持っていたのかを調べる必要がある。」

と、保科正四位権中将正之が云うと、

「駿府城に大御所殿といらした六男信吉公が元服の暁には甲府国主にと考えていた為その時の持参金として母君下山殿との約束であったが、信吉公が他界したため春日の局に将軍の為に使うように申し渡した金だそうです。」

と、阿部従四位下豊後守忠秋が後藤長乗から聞いた話をすると、

「その話は、作り話だ。私の誕生を亡き父御前様は義母於江与の方崇源院様に話すことが出来ず大御所殿に相談して比丘尼屋敷で生活していた武田信玄公の姫で二女穴山梅雪の未亡人と、六女で大御所殿の側室で信吉公の母君下山殿が生活していた屋敷に母於志津と共に土井利勝が預けに参った。下山殿は大変喜び信玄公の時代槍弾正と云われた子孫で義父保科正光へ暫くしたら預けて育てて貰うことを下山殿が提案し大御所殿に進言した。その時に大御所殿に甲州金の隠し場所を教え、私が将来武田家を再興することになっていたが兄の補佐役が優先されて今日になっている。」

と、正之が不満そうに話した。

　翌日から阿部忠秋は矢野を伴って視察に出かけた。

「弾左衛門、京は砂利が多いと思うが。」

と、忠秋が聞くと、

「江戸は、河口にある都で川砂・海砂が多く取れますが、京は川の流れの途中で砂があまり取れず、砂利が多くなっています。」

と、矢野が答えると、

「おなごが多いな。」

と、聞くと、

「初代矢野弾左衛門の話によりますと大御所殿・御前様からの命令で江戸には女子の入府が固く禁じられていたそうです。女子が多いことは戦の前触れと大御所殿が申していたそうです。」

と、弾左衛門が話すと、

「葦原の傾城屋は、今如何しておる。」

と、聞くと、

「昔の話によりますと、女伶と云われる楽をする賢い女を娼と呼び右にして、優を左にすると云われ二種類に分けます。娼は妾を意味し、優は游女を意味します。踊ることに優れている女は戦に負けた男達から離れ、買い上げられた女と罪を犯した公家達の女に分けられます。この四種類の女達のことを娼婦と呼ぶと庄司甚衛門が申しておりました。」

と、矢野が云うと、

「今葭原にいる女子は如何なる扱いである。」

と、忠秋が聞くと、

「大御所殿の命により当初は関ヶ原の役で負けた大名や家臣達の婦女が名を捨てて城に上がり我が軍の大名の側室や家臣達の妾になれるようになっておりました。

その昔六朝の時代、妓女として四種類に分けることが出来る女がいました。玄宗の時代の唐代に假母と呼ばれる女が芸を仕込みました。假母の眼にとまらない女は市中に出されて梨園と云う所へ移されました。假母の眼に適った女は、教坊と云う処で厳しく教育されて楽伎・舞伎に分けられて天子の前で技を披露しました。また時代が進み宋の時代、壊れたら値打ちがないという意味で瓦市と云う所が出来て歌や踊りが上手な女達は妓館と云う所で芸を磨きました。我々の処では太閤殿下の時代までの傾城屋の様な場所です。昔の話が上手な女は寄席と云う所で話を覚えさせられました。我々の処では琵琶法師の語り部の様なことです。妓館でも年増や芸の上達が進まない女たちは、一段下がった外教坊と云う所に移されて貴族たちに芸・踊りを見せて雑技の名妓として進み女優の始まりと云われて有名な丁都寡がいます。

我々の処では河原者が同じような者達です。大御所殿は太閤殿下の時代一時戦がなくなり京の傾城屋を閉鎖しましたが、関ヶ原の役・大坂の役でまた女子が多くなったので初代弾左衛門に江戸に傾城屋を葦原の地に造ることを命じて、初代は庄司甚衛門を置き数軒のお茶屋を置かせて庄司に女達の生身地が判らないように管理させました。名を捨てた女達は毎日茶屋でお茶を臼で挽き、城からの連絡を待って指名された女は城の控えの間で待って大名達の側室か家臣達の妾に引き取られていきました。京の傾城屋は公家衆の御女や叡山の女になって引き取られていきました。」

と、弾左衛門が話すと、

「宋代の丁都寡のことか。」

と、忠秋が聞くと、

「そうでございます。宋代の石碑に刻まれているそうです。」

と、矢野が答えると、

「傾城屋というのは何時頃、如何に我が国へ来たのか。」

と、阿部が聞くと、

「遣唐使が唐から情報を持ち帰ったのが始まりと聞いております。」

と、弾左衛門が答えると、

「京には、非好女とか云う女集団がおるそうだが。」

と、忠秋が聞くと、

「先ほどもお話をしましたが、外教坊の他に游廓で遊ぶ女達が非好女の流れになります。内教坊は、楽や舞に優れていて宮中で披露する者達の集まりですが芸が落ちたり年を取ると外教坊・比丘尼坊へ移されます。再度内教坊へ戻ることは出来ません。」

と、矢野が説明すると、

「傾城屋の様な処はないのか。」

と、阿部が聞くと、

「金軍が開封を攻め落とした時、数千名の妓女達や游女を連れて行きましたがその後の話は御座いません。平清盛の頃から我が国では負けた男達の多くは殺されて、子供達は寺に預けられ、腕に自信がある者達や力持ちの者達は川原で牛や馬の皮を剝いだり、荷物運びをして生きたそうです。女達は傾城屋に入り芸が出来る良き女は、勝者の上士の側室や下士の女房になり昔の名前を捨てて生活をし又、公家達の女御や僧侶達の游女として連れて行かれました。傾城屋に入れぬ女達は河原で白拍子・曲踊々・立君・辻子君等になって生活をしていました。先ほども話しましたが太閤殿下の時代戦もなくなり傾城屋の役割が公家達だけが利用していた為に廃止をしましたが、関ヶ原の戦後大御所殿がまだ江戸の整備が出来ていないので京では再開させ、初代弾左衛門に江戸への敗者の家族達の入府を禁止するように厳しく監督させて、庄司に命じて数百名の女子を葭原の傾城屋に住まわして城からお呼びがかかった時、庄司の館で昔の素性が判らないように差配しながら各傾城屋から呼んで各自臼で茶葉を挽いて城に上がり、控えの間でお茶で譜代の家臣達に気を引くように命じて家臣達の側室に引き取られていきました。京の傾城屋は、公家衆の妾になって公家衆はおおいに喜び、政が江戸へ移り幕府の監視が緩むと期待していましたが、公家法度が出されて天皇はじめ公家衆は徳川幕府を倒す大名を探す様になりました。話を戻しますが、京の傾城屋にも入れない女達は河原で生活して非好女としてその日暮らしをしています。尼子氏の家臣の女と云われている阿国もその一人で四条河原で舞いを見せては多くの人々に喜ばれ、尼子氏の家臣山中鹿之助の子孫と云われている者は大坂城改築で多くの人夫達に鐚銭で濁り酒を飲まして幕府に協力をしているそうです。」

と、矢野弾左衛門が話すと続けて、

「今では、京の傾城屋は廃れているそうで公家衆や僧侶達も困っているそうです。先ほども話しましたが、京の傾城屋は公家衆・僧侶達の相手をするところになり、幕府から公家法度が出て規律を維持しようと努めていますが、なかなか難しいようです。江戸の傾城屋は葭原の庄司甚衛門が全ての女達の名前と出身を把握して女達には新しい名を与え、各置屋に配置して江城から翌日の登城人数が庄司の所に連絡が入り、出身地が近寄らないように庄司が差配して各置屋に登城する婦女を指名して、指名された婦女は臼でお茶を挽いて溜りの間に持ち込んで大名や家臣達の気を引くようにして側室や妾になれる様に努力しました。また、幼少の女子は庄司が歌や踊りの師匠を呼んで習わして芸を覚えさせていましたが、その女子達も多くが貰われていき、今では各大名達の姫君や家臣達の姫達に芸を教える場所として江戸の傾城屋はなっているそうです。娘達が年頃になると藩主同士の正室候補や家臣同士の嫁さがしの良き場所になっているそうです。」

と、弾左衛門が云うと続けて、

「御前様から、傾城屋の役目が終わった暁には譜代大名の姫君達を一度将軍家の養女としてから外様大名の嫡子の正室に出すので行儀見習いを傾城屋できちんと教える様にとの指示がありました。また佐竹義宣公より一度江戸の大掃除を肥後守殿と豊後守殿が考えてある様なので心しておくように云われました。現将軍様とはお会いしたことがございませんが、この話は以前御前様に二荒山神社と円頓院の建設に力を注ぎすぎて江戸の人夫や職人の仕事がなく困っておりますとお話をした時の話で御座います。」

と、矢野が話すと、

「余と肥後守・井伊掃部頭直孝公で考えておるが何時するかは、まだ判らぬ。話を変えるが、目の悪い男女が京は多い気がするが何故だ。」

と、豊後守が聞くと、

「以前、先代が京に来た時の話では、江戸は砂が多く、京は砂利が多く目にあたるからと申しておりました。男の盲目は琵琶法師や座頭になります。女の盲目は瞽女(ごぜ)や柳町の家の世話になります。」

と、云うと、

「世話になるとは、どういうことか。」

と、阿部が聞くと、

「江戸には、御座いませんが、鐚銭を貰って公家衆・僧侶達と過ごします。」

と、弾左衛門が答えると、

「傾城屋とは、違うのか。」

と、聞くと、

「盲目の女ですから違います。先代集連が大御所殿からの指示で江戸に傾城屋を開くにあたり京へ来た折、太閤殿下が天下の傾城、国家の費也と宣言して戦争略奪を禁止致しました。しかし関ヶ原の役・大坂の冬・夏の役が続いて十五年後に公家衆の為に傾城屋を復活させましたが、大御所殿の指示の下、江戸にも傾城屋を開いた為に久我家の傾城本所職が廃止されて久我家の家紋竜胆紋を櫓に巻いて盲目の女達を集めて鐚銭で遊ばす処が初めて出来ました。以前は公家衆・僧侶達の女御達の座でありましたが、今では大坂普請で鐚銭を持った人夫達が多く出入りをしているそうです。湯屋にも二、三名の女達がいて鐚銭で男の世話をするそうです。この他に河原で生活している女達は、ござを持って僅かな鐚銭で遊ばし非好女と呼ばれて生活をしているそうです。」

と、云うと、

「江戸とは随分違うな。」

と、阿部が云った。

「江戸は、今働き口がなく噂によりますと陸奥府中・大坂に人が集まるそうです。」

と、矢野が云うので阿部豊後守は急ぎ大坂城代屋敷に入り阿部備前守正次と会うことにして、

「大坂城普請には、あとどの位かかるか。」

と、豊後守が尋ねると、

「人夫への鐚銭も不足しております。また、天海僧が伏見城の良き材料を近江坂本の西教寺小普請の為に使い新しい材料が不足しております。あと、五年はかかると思います。」

と、備前守が答えると、豊後守は備前守に摂津佃の名主を呼ぶよう伝えた。家臣が呼びに行って暫く待つと、家臣が名主を大坂城代屋敷に連れて来た。

　初めに、矢野弾左衛門が、

「もう、二十余年になりますが江戸へ漁師を送って頂き有難うございました。先代の我が父矢野弾左衛門は、大御所殿と共に大変喜んでいました。」

と、矢野が口火を切ると、

「こちらも代が替わりましてお互いに初めての挨拶になりますが宜しくお願い致しま

す。」

と、大坂の佃名主が云うと、

「早々に聞きたいことがある。摂津渡辺と云う村は如何なる処になるのか。」

と、阿部忠秋が聞くと、

「古き時代から戦の度に人の手配や船の手配などをしてこの摂津渡辺村だけは永楽通宝や寛永通宝の表だけ鋳造を許された鐚銭を鋳造しております。黒鍬衆と云われる人夫や職人達への給金として渡しております。渡辺村鋳造の鐚銭は丁銀や豆銀との交換は許されておりません。人夫・職人達の物々交換以外の取引として使われ、遊びの金としても使われます。」

と、名主が云うと、

「下士達が使う銅銭は丁銀・豆銀と交換できるそうだが、何処で鋳造しているのか。」

と、豊後守が態と聞くと、

「よく判りませんが、最近は近江の方でも鋳造しているそうです。」

と、名主が答えると、

「黒鍬衆とは、江戸では散所衆と呼ばれて石切・壁塗・土鍋・鋳物・土器・傘縫・青屋・坪立・筆結・墨・箕作など十一種類の者達のことを指します。」

と、矢野弾左衛門が話すと、

「平清盛公以前より戦に負けた頭領一族の男達は死罪になり、幼少の男の子達は寺に預けられました。側室や姫君達は勝者の家臣達の側室になるか、傾城屋を通して公家衆の女御・内侍になったり、なれなかった女達は白拍子・游女・夜発になってその日暮らしをしていました。織田信長公の時代延暦寺の僧侶達までが山を下りてこの女達を山へ連れて行き風紀が乱れて僧侶達の堕落が酷く信長公は、焼き討ちを指示しました。」

と、名主が話すと阿部忠秋と矢野弾左衛門は納得して、

「京の傾城屋に久我竜胆紋を櫓に巻いて盲目の女達がいる処があるのは何故なのか。」

と、豊後守が聞くと、

「太閤殿下の時代に一時戦がなくなり、京には傾城屋の必要がなくなりましたが関ヶ原の役・大坂の役以降また負けた武将の側室・姫君達が京の河原にあふれて傾城屋が復活して公家衆はおおいに喜びましたが、徳川秀忠公が江戸にも傾城屋を開き京の傾城屋は廃れてしまい、残った女子衆の多くは年寄か盲目の女達になり公家衆は不満を持っていた処、久我家が戦に負けた家臣の姫君達で江戸へ連れて行かれなかった目の悪い若い女達を集めた傾城屋が久我座で御座います。」

と、名主が答えると、

「何故、盲目の女達が多いのか。」

と、阿部が聞くと、

「京の町は、風が強い日は砂利が飛び目を傷める者達が多いからだと聞いております。また、生まれながらに盲目の男女も多いと聞いておりますが、真偽は判りません。」

と、名主が答えると、

「盲目の男を如何にしているのか。」

と、豊後守が聞くと、

「記憶の良い盲目の男達は琵琶法師になって吾妻鏡や平家物語の語り部になって公家衆や大名の子息に話して銅銭を貰います。力がある盲目の男達は座頭になって公家衆の按摩をして銅銭を頂いている者達もいます。近頃銅銭を丁銀に替えて財を蓄えている座頭がいるとの噂があります。久我座に入れない盲目の女達は瞽女になって日々の生活を河原をねぐらにしています。」

と、名主が答えると、

「こちらでは、黒鍬衆を管理する者達は何処にいるのですか。」

と、矢野が聞くと、

「渡辺村の穢多頭が管理しています。黒鍬衆は元々下士で戦に負けた為に武士を捨てて穢多頭の世話になって指示通りに働いて鐚銭を貰っています。織田信長公の時代からは戦場で永楽通宝の馬印がある所に渡辺村の者達が集まり戦の為の柵を造ったり、溝を掘ったりしていつしか永楽通宝の馬印がある処には敵味方両軍ともに攻めない約束になっていきました。何時しか各陣共に永楽通宝の馬印の下に帯同するようになって陣備えや戦の為の道造りをして勝利へ導きました。太閤殿下が明智光秀公に命じて山崎の役で勝利した時も配下の者達に指示をして街道に松明を持たせ、麦飯を用意させて活躍しました。琵琶湖湖畔の安土城・長浜城・佐和山城・坂本城の石垣は坂本の穴太衆が石切から石垣の積み方まで石垣普請をする集団として独自の行動をするようになってきております。」

と、佃の名主が答えると、

「何時になるか判らぬが、背がない鐚銭の鋳造は廃止して表・裏両方ある銅銭のみ鋳造して下士・僧侶達が使う銅銭と職人達が使う鐚銭の区別がない時代にしたいと考えておるので宜しく頼む。丁銀・豆銀との両替もきちんとした決まりを作るように大坂城代・京都所司代から連絡がいくようにしたいと思っている。」

と、阿部豊後守忠秋が大坂城代阿部備前守正次と佃の名主の前で約束をして、

「そのお考えは、とても良い策だと思います。」

と、名主は答えて大坂城代屋敷を後にした。

阿部忠秋が、二条城に戻ると保科正之の家臣が呼びに来て御用部屋へ向かった。

「豊後守、将軍が彦根からまだ帰らぬ。噂であるので他言無用で頼むが、彦根の嫡子

直滋殿と男色の関係との話が出ている如何したら宜しいか。」

と、困った様子で肥後守が云うと、

「御知恵が薄いだけでも家臣達に判らないように努めているのに、男色があると判ったら伊達政宗公が藤堂家や細川家と連合して戦を仕掛けて天下を二分するかもしれません。多くの甲州豆金は天海僧と御局が隠していて戦をするだけの資金はこちらにはありません。急ぎ江戸に戻り策を考えなくてはなりません。まずは彦根より将軍を連れて参らなくてはなりません。」

と、忠秋が云うと、

「豊後守、彦根まで行ってくれぬか。」

と、正之が云うと、

「判りました。丁度坂本の西教寺と云う寺と穴太衆の村も立ち寄りたいので、その仕事お引き受けます。」

と、云うと家臣五十名ほどを連れてまず坂本へ向かった。坂本に着くと惟任光秀の城下町と云うよりも延暦寺の門前町の体をなしていた。忠秋は相当の丁銀がこの地に使われていて京側の延暦寺口と違い坂本口は華やかな門前町として栄えていた。続いて彦根城に着くと直ちに直滋公と会って、

「将軍と毎日お茶会を開いて頂きご苦労様でした。明朝内大臣は京へお帰りになられ

ます。本日は、私と宴を共にして頂きたくお願いいたします。明朝の将軍への挨拶はご遠慮をお願いいたします。また、明年の江戸参府の折は春日の局殿には十二分に注意を払って頂きたいと思いますがよろしいかな。」

と、少し脅す様に話すと直滋公が怯えたように、

「父上には、如何に報告をしたら宜しいでしょうか。」

と、聞いてきたので、

「肥後守様も私も掃部頭様にはお話は致しません。自分でお考えください。但し井伊家は大御所殿の時代から信頼厚き譜代名家で御座います。」

と、云うと翌日まで豊後守と直滋公のみで過ごし、将軍様には会わせず朝になると将軍様を連れて京へ向かった。宿舎である二条城に着くと、

「豊後守、ご苦労であった。天海僧には知られてはいなそうか。」

と、肥後守が聞くと、

「あちらでは、噂になっていませんでした。早めの処置で直滋公にも口止めをして参りました。」

と、豊後守が云うと、

「天海僧は、何処にいるのか判らん。」

と、肥後守が云うと続けて、

「江戸からの報告によると、酒井忠世殿責任の西の丸が焼失して沙汰の連絡を待っているとのことと、佐竹近衛権左中将義宣公が亡くなったと報告があった。」

と、話すと、

「天海僧は、叡山にでも行っているのかもしれません。噂がたたぬうちに急ぎ伊達政宗包囲網を作り細川三斎・忠利親子と藤堂高次を江戸から離し国へ帰しては如何と思いますが。」

と、豊後守が云うと、

「以前から御前様より豊後守を壬生の国主にするように云われている、壬生は陸奥への道を兼ねていて、佐竹中将殿にも飛び地を与えている重要な処である。江戸へ戻り次第城持ち大名をお願い致す。」

と、正之が話している時に仙洞御所より使いが来て保科正之殿と阿部忠秋殿に御所へ至急来るように連絡が入った。翌日仙洞御所へ行くとそこには天海僧が待機していて後水尾上皇を待っていた。

「江戸の円頓院を東叡山円頓止観院寛永寺と云う寺号を比叡山一乗止観院延暦寺住職と相談して与えることとしたので宜しく頼む。これからは江戸の比叡山として敬って頂きたい。」

と、上皇が云うと、

「大御所殿と鎌倉材木座光明寺住職真蓮社観譽祐崇僧との約束で徳川宗家の菩提寺は増上寺と決まっております。また、延暦寺には大山咋神亦名山末之大主神が日枝山に日吉神社を、天智天皇の時代に大和の三輪山から大山咋神を東本宮へ移して大津宮の遷都以来祀られています。古事記によれば日吉神社の東側に近淡海国があり日当たりのよい所に鎮座しております。上皇様はご存知ないと思いますが、江戸開府以前から円頓院の東側には鳥越明神が鎮座しておりますが、如何したら宜しいでしょうか。」

と、阿部豊後守忠秋が増上寺法主了学僧から聞いていた話を切り出すと上皇は何も云わずに奥に下がり、天海僧は無言で寺号が下賜されたことのみ考え問答はせずに京での仕事が無事に終了したことに満足して、正之も忠秋も三か月間にも及ぶ京二条城での仕事を早く引き払って急ぎ江戸へ戻った。

忠宗への備え

江戸に戻った肥後守と豊後守は増上寺法主了学僧を保科正之の外桜田の屋敷に呼び、天海僧が朝廷に丁銀を大量に使って、朝廷と比叡山から許可を取って円頓院が寺号寺院になった事を伝えると、

「元来、不忍円頓院は大御所殿健在の時より藤堂高虎殿が開いた和泉藩の江戸菩提寺でございます。徳川宗家の菩提寺は、関東浄土宗僧録寺として大御所殿が認めた増上寺であります。大御所殿と御前様を祀っていますす安国寺が唯一で御座います。各地に安国寺か松平神社をお祀りして建立するようにお触れを出しては如何かと思います。まず、増上寺では安国寺を増築致しましょう。西福寺が移転する予定地鳥越の地に松平神社を建立して御前様の遺言通りに大御所殿・御前様・下山殿をお祀り致しましょう。」

と、了学僧が云うと、

「あい判った、誰が将軍様に話す。天海僧や春日の局には何時話すのか。」

と、保科正之が聞くと、

「土井大炊頭利勝大老にお願いをしては如何かと思いますが。」

と、了学僧が云うと、

「あい判った。」

と、肥後守が云うと、

「副使に佐竹近衛権左少将義隆殿にして貰い、西福寺管理と致しましょう。」

と、豊後守が云うと三人は城に上がり、まず土井大炊頭利勝殿の大老部屋を訪ねた。

「大老には、ご機嫌麗しく御無沙汰を致しております。本日は一つお願いの儀がありまして参りました。」

と、肥後守が挨拶をすると、

「わしからも、肥後守にお願いの儀があり、了学僧にもお願い致したき儀がある。」

と、利勝が話すと、

「大老からの私どもへの願いの儀を先にお聞かせください。」

と、保科正之が云うと、

「一つは、了学僧へのお願いであるが、わし亡きあと安国寺の傍らに大坂城代を務めている阿部正次と共に墓を建てて頂き大御所殿・御前様を御世の時代もお守りしたい。」

と、利勝が云うと、

「あい、判りました。大御所の安国院徳蓮社から頂いて社号を安蓮社と致したく思いますが如何でしょうか。」

と、了学僧が云うと、

「それは有り難い。これで大御所殿・御前様の傍らに行ける。もう一つの願いは、肥後守へのお願いであるが春日の局と天海僧の二人が将軍の御傍にいると自分達が権力を使いたくなる。将軍に早くお世継ぎを授けて頂き、あの二人を城から早く出すようにして頂きたい。」

と、利勝公が云うと、

「我々も如何にしたらあの二人を将軍から引き離すことが出来るかと、策を考えております。まずは、お世継ぎ誕生のあかつきには乳母でありますす春日の局様には比丘尼屋敷にお移りをお願いしたいと考えておりますが、まだ孝子妃の懐妊報告は受けておりません。」

と、肥後守が云うと、

「そち達も同じ考えであるので安心した。肥後守の頼みごとをお聞かせ願いたい。」

と、利勝が云うと、

「鳥越の地に大御所殿・御前様・下山殿をお祀りした松平神社を建立したいと思いま

す。将軍の許可を取り供養料を西福寺へ届けて頂きたいと考えております。」

と、肥後守が云うと、

「供養料を将軍に頼むのか。」

と、利勝が聞くと、

「毎年の供養料は、町年寄の樽屋籐左衛門に出させます。」

と、豊後守が答えると、

「では、書院へ赴き阿部豊後守の取り次ぎでお待ちいたして将軍のお目通りをお願い致しましょう。」

と、大老は副使の佐竹近衛権左少将義隆を携えて三人で書院に向かった。

　案の定書院には将軍を中央にして、春日の局・天海僧が正面右側に座っていて大老土井利勝公が松平神社の件を切り出すと、

「毎年の供養料は将軍家が払うのか。」

と、春日の局殿が聞くと、

「供養料は、町年寄の樽屋籐左衛門が毎年届けます。就きましては、将軍様より朱印状六百石のお墨付きを出して頂きたいと参内いたしました。」

と、大老利勝が云うと、

「幾らほど毎年供養料を届けるのか。」

と、天海僧が聞くと、

「毎年樽屋籐左衛門から松平神社へ金貨三十枚を届ける予定にしています。」

と、利勝が云うと、

「それは少ない、大御所殿・御前様・下山殿が祀られているのに三十枚の供養料は少ない。毎年の供養料を五十枚届けると云うのであれば許す。」

と、天海僧が云うと、

「あい判りました。此処におります佐竹近衛権左少将義隆に副使の役を命じて頂きたく帯同致しました。」

と、利勝が云うと、

「佐竹近衛権左少将義隆と申します。この度のお役を身の余る光栄と責任の重大さを感じております。」

と、佐竹義隆が云うと、

「あい判った。よきにいたせ。」

と、将軍は云って奥に下がり、利勝も自分の御用部屋に戻って、

「将軍の許可は取れたが、供養料を五十枚だすことになった。」

と、利勝が云うと、

「我々も、天海僧が自分達の甲州金で払うのでないので多く払うように云ってくるこ

とは予想しておりました。」

と、豊後守が云うと、

「生前御前様にお渡しした大御所殿七十歳の自画像を松平神社に奉納致しましょう。」

と、保科正之が云うと阿部忠秋は大手門の屋敷に佐竹義隆を連れて帰り家臣に矢ノ倉の矢野弾左衛門と増上寺の法主了学僧を呼びに行かせた。

「少将義隆殿、お主の飛び地の隣壬生の地をわしの初めての領地としてお勤めを致すこととなった。就いては父君から聞いているとは思うが、伊達政宗公との戦があるかも知れぬので心して頂きたい。」

と、豊後守が云うと、

「一段と見張りを増やして厳重に致します。」

と、佐竹義隆が答えていると了学僧と矢野弾左衛門が座敷に入ってきて、

「鳥越明神傍らに、柳原にある西福寺を移すことが決まった。西福寺の敷地隣に大御所殿・御前様・大御所殿が築山殿と同じくらい寵愛した下山殿を祀った松平神社を建立することとなった。米蔵の埋め立てが全て終わった暁には、速やかに西福寺も移転してくるが、先に松平神社を建立することが決まったので矢野弾左衛門の差配で建築して貰いたい、宜しく頼む。」

と、阿部豊後守忠秋が話すと、

「どの位の広さで建築致しましょうか。」

と、矢野が聞いた。

「四百四十坪の広さの神社をお願い致す。」

と、忠秋が答えた。

「今、江戸では仕事が少なく浮浪者が多くなり非常に助かります。」

と、矢野が話すと、

「では、城内で使う燈心を多くして灯芯役儀の仕事をして貰い灯芯細工として銅銭が出る様に肥後守殿にお願いしてみよう。」

と、豊後守が云うと、

「城には、鐚銭はありません。無理で御座います。」

と、了学僧が話すと、

「先日、矢野弾左衛門を連れて京・大坂を巡回して摂津佃の名主と話をした織田信長公が黒鍬衆とか云う組織を創り戦の時、柄の短い鍬を持たして陣の整備や鉄砲隊の柵を作ったり、太閤殿下の時は、大返しの時の道で松明整備などをして勝利へ導いた話を聞いて織田信長公・太閤殿下は永楽通宝の馬印の下に集めさせて戦をしたそうです。城造りをする川並衆・穴太衆と云い、戦の陣で働く黒鍬衆や御伽衆がいたそうですがこの者達は、江戸では矢野弾左衛門配下に集められていましたが、先日いくつかの職種は作事奉行配下になり、大坂では摂津渡辺村配下の者達のいくらかは大坂城代配下あるいは京都所司代作事奉行の配下に改めました。これからは鐚銭鋳造を廃止して銅銭鋳造のみ致すことにした。奉行所からの指示で銅銭を鋳造して人夫の労働や職人への細工代として表・背とも鋳造している銅銭のみが流通するようになり、摂津渡辺村や矢ノ倉の鐚銭鋳造は廃止していくことにした。江戸では後藤家での銅銭鋳造を少なくして矢ノ倉で銅銭鋳造をさせていくようになる。」

と、豊後守が云うと、

「増上寺傍芝の地で銅銭鋳造の許しを得たいと肥後守様にお願いをして頂き、京知恩院と増上寺大改築をしたいと思っているので宜しくお願いしたい。」

と、了学僧が云うと佐竹義隆は話をそらす為に、

「江戸の人夫・職人の仕事が少ないのであれば、車善七の人夫を堀掃除に使い我が藩の備蓄金を矢野弾左衛門へ届けて銅銭に換金して貰い馬喰町車館へ届けて頂こう。」

と、話すと、

「義隆、芝に銅銭鋳造を認めて頂ければすむ話である。」

と、了学僧が云い、暫くすると、保科正之の御用部屋に細川忠利を呼び出して豊前小倉から加藤家の肥後への移封を命じ、父三斎にも八代藩を与えて直ちに帰国命令を出して藩政に努める様に命じた。また、同時に伊達忠宗の江戸家老も呼び出して江戸参

府命令を出した。

　桜田の伊達屋敷に戻った家老は、直ちに陸奥府中の忠宗公の処へ伝馬を走らせて指示を仰ぐこととした。伝馬を受け取った政宗公は、家臣達を集めて、

「いよいよ、将軍家と戦になるかも知れぬ。これからゆっくりと二荒山神社の様子を窺いながら江戸へ向かう。来春は江戸近郊で戦になるかも知れぬ。家臣達は精進して来年に備えてくれ。」

と、忠宗が云うと、

「殿は、このまま江戸へ向かいますが、我々は、如何したら宜しいのか指示をお願い致します。」

と、家臣の一人が聞くと、

「まず、幕府の意向に反して若松城を明日から陸奥府中にいる人夫と下士を連れて築城をする。」

と、忠宗が云うと、

「一国一城主義の幕府の命に逆らって宜しいのですか。」

と、家臣が聞くと、

「若松城のめどが付いたら、二荒山神社へ家康公の墓参を名目に様子を窺う、江戸入府する前に京へ使いを出して五万枚の丁銀を再度届けて合わせて十万枚の豆板銀を上

皇と藤原家に届けて、約束通り藤原家からの姫君を輿入れさせて忠宗の側室に迎え入れる為の祝金の手配を滞りなく進めて江戸に向かう、江戸の地は大御所が我が軍の侵入を難しくする為に千住橋を渡って鳥越の地までは寺を多く配置して戦に備えられるようになっていて、鳥越橋も態と二本橋になっていて橋から城までは七曲がりと言って細い道になって戦がしづらくなっているので他に道がないか調べる。今年中には宇和島の秀宗を京に向かわせ、上皇の警護をさせて細川三斎や藤堂高次ら多くの大名と連絡を密にして江戸攻めの準備をする。元和七年に没した家臣支倉常長が南蛮国へ行った大船と同じ型の船で、数年前に江戸へ米を運んだことが幕府は気になっている。来春は江戸で皆と会おう。」

と、忠宗公が云うと家臣達の士気があがりそのまま、江戸への出発の日を迎えた。

その頃江戸の城では、春日の局が自分の部屋に阿部豊後守忠秋を呼びつけて、

「小平太、京では将軍と共にいなかったのか。」

と、御局が聞いてきたので将軍の男色のことが判ったのかなと感じた。

「私と肥後守は摂津や堺の方へ行き見聞を広めていました。天海僧が御付ではなかったのですか。」

と、豊後守は云って白を切った。

「では、将軍は二条城におったのか。」

と、局様が聞いてきたので、

「判りません。天海僧や御付の者にお聞きください。」

と、知らないふりをし続けた。

「御付きの者曰く、彦根に十日以上行っていたと申しておるが存じておるか。」

と、御局が云ってきたので、

「知りません。」

と、答えると、

「小平太が、彦根に行き将軍を二条城へ連れ戻して来たと云う者もいるぞ。」

と、御局が怒った様に云うと、

「私は、将軍様を彦根までお迎えに行っただけでどの位いたのかは存じません。」

と、豊後守は云って御局の部屋を後にした。暫くすると井伊直孝殿が御局に呼ばれて御局部屋に入った。

「御局様には、ご機嫌麗しくこの度の用向きは如何致しましたか。」

と、直孝は何も知らずに聞いた。

「彦根殿には、何人の殿君がおりますか。」

と、御局が云うので井伊直孝殿は彦根殿と云われる筋がなく怒りを覚えて、

「何用であるか。用向きをお聞きしたい。」

と、怒った様に云うと、

「直滋殿は、何処におりますか。」

と、聞くと、

「私が江戸定住の為に藩政の報告をする為に江戸屋敷に参っております。」

と、云うと、

「では、直ちに屋敷に下がり、直滋公にお聞きください。」

と、御局が云うと井伊直孝は上屋敷に戻り直滋を呼び出した。

「直滋、今お福に彦根殿と云われたが何かあったのか。」

と、父直孝が聞くと観念してすべてを話して、将軍との関係を知っているのは保科正之殿と阿部忠秋殿の二名であることも話して父直孝に差配を委ねた。

「伴は付けずに直ちに彦根へ帰国せよ。城に寄らず百済寺に入れ。今、文を書くので住職に渡して生涯寺から出ることまかりならん。細かい指示は追って沙汰をする。」

と、父直孝が云うと少しの路銀と干し飯を持たせて直ちに住職宛ての文を持たせて屋敷から出した。

　翌日、城に上がり春日の局殿に目通りを願った。

「昨日は、御局様に失礼な振る舞いをして失礼しました。」

と、井伊直孝が云うと、

「直滋殿は、如何致しましたか。」

と、御局は優しく聞くと、

「昨日の内に彦根百済寺へ向かわせました。」

と、直孝は云いながらこれからこの件の事で春日の局と天海僧に従わねばいけないのかと思うと悔しさが心の中でにじみ出て来た。

「彦根殿の長子嫡子がいなくなると云うことは、御家の断絶もあるかも知れません。徳川宗家で有力譜代の一つでありますから大御所殿の意志に従えば、譜代大名に厳しい法度が適用されるかも知れません。」

と、昨日はいなかった天海僧が意見をしてきたので、

「御局様、如何したら宜しいでしょうか。良いお知恵をお貸しください。」

と、直孝が平身低頭に聞くと、

「直滋殿は、昨夜のうちに急な病で亡くなり、嫡子変更願を提出なされては如何かな。」

と、春日の局が云うと、

「大御所殿・御前様の世から譜代大名に対しては、長子嫡子以外は認めず断絶のお家が多くあります。」

と、天海僧が云うと、

「如何したら宜しいでしょうか。」

と、直孝が聞くと、

「聞くところによると、井伊殿にはあとお二人の殿君がいると聞いております。すぐ下の弟君でなく舎弟君を世継ぎ変更届として幕府に提出されては如何ですか。」

と、春日の局が云うと、

「何故に、舎弟直澄で嫡子変更届を提出致すのですか。」

と、直孝が聞くと、

「舎弟君の子は将来相続を認めず、兄の子を相続させる約束をして、長子嫡子が出来ない譜代大名は外様大名に対して示しがつくように襟を正して頂きたい。」

と、天海僧が云うと井伊直孝公は御局の部屋を出て、まず伝役の阿部豊後守忠秋の御用部屋を訪ねて井伊家の嫡子変更願の儀を提出して舎弟直澄を指名した。

「直滋公は、如何致しましたか。」

と、態と豊後守が聞くと、

「昨夜、屋敷において直滋が急に腹痛になり薬師を呼んでみて貰いましたが、効果なく他界しました。本日城に上がり将軍様から指示を仰ごうと致したところ御局様よりご指導頂き、本来なら譜代大名家は長子嫡子が難しい場合はお家断絶になる処であるが、舎弟直澄がいるならば舎弟嫡子の届を提出しては如何かとのご指導がありまして、今豊後守様に変更願を提出している次第で御座います。」

と、井伊直孝が云うと、

「あい、判りました。将軍様に連絡を致して許可を頂きます。」

と、豊後守が云って受理された。

阿部豊後守に礼を云って阿部の部屋を出て井伊直孝は、これからは春日の局と天海僧には意見が云えなくなり、保科正之・阿部忠秋の政の力になれないことが気になっているが、お家の大事には変えることが出来ない不甲斐なさを心に思いながら春日の局部屋を再び訪ねた。

「御局様、只今伝役の阿部豊後守忠秋殿の御用部屋を訪ねて嫡子変更届を提出して参りました。」

と、井伊直孝が云うと、

「それは、おめでとうございます。小平太なら将軍様に受理して頂ける様手配してくれるでしょう。これから暫くは将軍様にお会いするのは、差し控えた方がよろしいでしょう。私から直滋公が流行り病で亡くなったことをお伝え致しましょう。」

と、春日の局が云うと、

「宜しくお願い致します。」

と、直孝が答えて下がろうとすると、

「井伊殿、御領地の坂本西教寺傍で銅銭鋳造を正式にお願いしたいと思うが。」

と、天海僧が早々に云ってきて直孝は役職名も云わずに云ってきた天海僧に憎悪が生じたがこらえて、

「以前より西教寺辺りで銅銭鋳造がされているらしいとの噂を耳にしておりますが。」

と、掃部頭が答えると、

「井伊殿、天海僧は大御所殿の御霊社二荒山神社や円頓院の普請の為に延暦寺の僧侶衆に銅銭を配っておられます。幕府公認を頂ければ大量に鋳造が出来て延暦寺の普請も太閤殿下以来出来て、掃部頭のお力を貸してほしいと申しているわけであるが協力して頂けないかと云っているわけだが。」

と、春日の局が優しく恫喝をすると、

「保科肥後守正之殿と阿部豊後守忠秋殿に相談して御理解を頂きます。」

と、直孝が云うと、

「それは有り難い、掃除頭から二、三日のうちに良い知らせが届く様にお願いしたい。」

と、天海僧が云うと、直孝は眼を下に下して歯を食いしばって御局部屋を後にして保科正之の部屋を訪ねた。

　肥後守の部屋には、伝役を務めている豊後守もいて、

「肥後守殿、昨夜我が嫡男直滋が急に他界して嫡子変更願の相談を春日の局殿にしたところ舎弟直澄を推挙され、将軍様の御採決を頂く為に此処にいる豊後守に提出して参りました。」

と、悔しそうに話す井伊掃部頭直孝の姿を見て二人は、以前の京での将軍と井伊直滋殿の件が春日の局の耳に入ったことを悟った。

「掃部頭殿、伊達政宗公は江戸参府の命が出たことを良いことに若林城の築城や大御所殿への墓参を口実に日光の様子を探って江戸へ来ました。必ずや近い将来戦がございます。伊達本隊が陸奥府中を出陣したら直ちに酒井・佐竹・鳥居・戸沢軍が陸奥領内へ進軍する手はずになっております。陸奥府中を占領した暁には陸奥国を没収致します。江戸へ向かって進軍してきた伊達軍は、宇都宮辺りで壬生にいる阿部軍と飛び地に待機していた佐竹軍の別働隊が迎え討ち、会津から加藤明成軍が宇都宮と二荒山神社に待機している幕府軍が進軍して伊達本隊を攻め滅ぼします。後は江戸にいる政宗軍を屋敷ごと囲みます。如何でしょうか。」

と、保科正之が説明すると掃部頭はうわの空で、

「良き作戦である。秘密裡に行動する様にして情報が洩れぬ様にお願いしたい、話は変わるが、江洲坂本の西教寺傍らでの銅銭鋳造を正式に許可をして頂きたくお願いに参った。」

と、直孝が云うと、

「掃部頭様が申されるのであれば、許可を致しましょう。」

と、保科正之が云うと直孝は、直滋が云っていた通り、この二人は将軍との男色のことを以前から知っていてこの日まで他言せずにいたのだと脳裡で考え、

「お二人には、本当にすまなく思う。いつか必ずこの恩義はかえしたい。」

と、直孝は話すと下がり屋敷に帰り、急ぎ文を二通書いた。

一通は、直滋にその寺で生涯僧となり俗世とは縁を絶って井伊家の為に努める様に、嫡子は直澄に無事に変更出来たことを伝える文を書き。

あと一通は、百済寺の和尚に訳は言わずに愚息直滋を仏門の道への指導をして頂きたいとの旨のお願いと、お礼に彦根城から毎月賄い料を届ける旨の文を書いた。

暫くすると、保科正之が将軍から井伊家のことで詰問されたが、はぐらかしていると何時もの様に癪が酷くなり最後に一言、

「井伊家の江戸参府と帰国の折は、先箱は一箱とし駕籠の先に黄革掛で蓑箱には家紋を付けず、井伊家の他の藩は必ず二箱とし家紋を付けることと致して井伊家の参府及び帰国が直ぐに判るようにすべし。」

と、保科正之に伝えたが暫くすると将軍は忘れてしまったが約束事は続いた。

井伊直孝は、井伊家の申し送り状に歴代の当主が徳川宗家に忠義を努め、他言無用

で大名他家が挟箱が両箱で蓑箱に家紋入り金刺繍紐掛けをするが当井伊家は、一箱で無家紋箱で爪折立傘の袋も掛けずに参府・帰国をするように申し渡しをすると、他大名・町民達も将軍と井伊家の嫡男が男色の関係であって、城から見ていて将軍が判る様にしたとの噂が広がり葦屋町河原では若衆が真似をして男色遊びが流行った。

寛永十二年のこの年は、保科正之殿の生母お静の方が亡くなり、将軍家光公が京へ上洛して不在していた時に西の丸で火事を出して、責任者であった厩橋藩主酒井雅楽頭忠世がお役御免になって翌年の三月に亡くなり、嫡子忠行も続いて亡くなった。忠世の姫は、藤堂高次の正室であった。

翌十三年には、山形藩主鳥居忠恒が無嗣で亡くなると急ぎ弟忠春を幕府に嫡子願を提出するが伊達対策の為に認められず、保科正之の領地高遠藩と領地交換の移封が実行された。保科正之が急ぎ山形藩主になって伊達対策が整った。五月に入ると伊達桜田屋敷の様子が忙しくなって、政宗公は江戸桜田屋敷で伊達幕府の実現を見ずに亡くなった。

保科正之と阿部忠秋は伊達家から提出された嫡子忠宗の相続の件を認めて、藩主忠宗の政宗葬儀の為の陸奥府中への帰国を許可して、幕府の命に反して築城した若松城の取り壊し命令も同時に出したが、忠宗は従って帰国した。

帰国した忠宗の下に側室の藤原の姫が懐妊したとの連絡が入り、父政宗の野望は今暫く持ち越しとなり藤原の姫の出産を待った。

「我が子が男子であれば、朝廷と共に徳川への戦が出来て多くの大名が同盟をすると思う、今暫く待つことと致す。」

と、陸奥府中の城で云うと家臣達は従うことにした。

その頃江戸では、伊達家との戦の可能性がなくなり天海僧は再び二荒山神社と円頓院の増改築に力を注ぎ、また比叡山延暦寺でも坂本の西教寺傍で幕府公認の銅銭鋳造が認められて大量に銅銭が出来て、建築普請が進んだために上方では背に七曜紋がない鐚銭の流通が減ってきた。

また、外桜田の保科正之屋敷に阿部忠秋と酒井宮内大輔忠勝と佐竹近衛権左少将義隆が集まり、

「まずは、伊達陸奥守政宗が亡くなり戦の可能性が少なくなり、御前様が危惧していたことがなくなりまずは良かった。」

と、酒井忠勝が云うと、

「将軍の知恵の薄さの為に宮内大輔公と讃岐守とを間違えてしまい、宮内大輔公の参内が許されず誠に申し訳ない。」

と、保科正之が云うと、

「徳川宗家の安泰が何よりです。」

と、酒井忠勝が云うと一同肯き御前様に合掌した。

「叔父にあたる大坂城代阿部備中守正次の情報によると後水尾上皇の女御櫛笥隆子と伊達忠宗の側室藤原隆子は姉妹との噂があり、共に男子が誕生した暁には朝廷と伊達家とは姻戚関係が生まれて、もしも伊達家が徳川宗家へ戦を挑んだ時は徳川宗家は、朝敵になります。」

と、阿部忠秋が云うと、

「馬鹿な、京都所司代板倉勝重は何を調べて婚姻を許可したのか。」

と、酒井宮内大輔忠勝が云うと、

「苗字が違うため許したそうです。」

と、阿部忠秋が云うと、

「これからのお話は、他言無用で絶対に洩れぬようお願いしたい。まず、将軍と井伊掃部頭の嫡子直滋公とは男色の関係にあり春日の局と天海僧に露見致してしまい、井伊直孝公は急ぎ嫡子直滋公を彦根の百済寺に出家させて嫡子廃嫡をして、舎弟直澄公を新しく嫡子として届が提出されたそうです。」

と、保科正之が云うと、

「この席に急ぎ土井大炊頭利勝殿を呼びなさい。」

と、酒井忠勝が云うと、

「大御所殿は、大炊頭公を佐倉国主に任命して大坂の役までは鳥越の奥にあった檜前の牧を急ぎ廃止して移転先に今ある嶺岡の牧に移し、管理を矢野弾左衛門の配下の者に任して江戸からの道と御殿を造営して大御所殿は四回、御前様は十数回出向き大坂の役と伊達政宗対策の為に使い、多くの大名には鷹狩りと称して大砲の訓練や大銃の訓練をしました。豊臣家滅亡の後は御前様から水利変更を任されて常陸川の流れを利用して銚子への流れを造りました。今は古河国主として利根川の水路変更を任され国元におります。この水路変更が出来た暁には銚子から常陸川に入り関宿から逆川を通り利根川に繋がり小名木川を通って城へと続き、海の時間を減らして物を安全に運ぶことが出来ます。また、古河周辺は大川になり伊達の大軍が進軍しづらくなります。」

と、阿部忠秋が云うと、

「大炊頭利勝殿も将軍にとってはわし同様に記憶が薄い御仁かな。」

と、酒井忠勝が云うと一同笑うに笑えない雰囲気が部屋に漂った。

「井伊直孝殿は、春日の局に意見することが出来ず、また上方では銅銭が多く流通して丁銀と両替出来て商いが盛んになっているそうです。」

と、阿部忠秋が云うと、

「将軍には、早くお世継ぎ誕生に努めて頂き、春日の局殿にお願いを致すしかあるまい。

早く春日の局と天海僧を城から追放して徳川宗家の安泰を願うしかあるまい、大炊頭利勝殿も交えて相談をしなければなるまい。」

と、酒井宮内大輔忠勝殿が云うと、

「井伊掃部頭直孝殿は、如何致しましょうか。」

と、保科正之が云うと、

「何故か判らんが保科殿・阿部殿が理解しているなら呼ばずに話を進めて事後承諾を頂くと致そう、ところでそこにおられる御仁は何処の方かな。」

と、酒井忠勝が聞くと、

「佐竹中将義宣の嫡子少将義隆で御座います。」

と、自分から云うと、

「父上には良く城でお会いした。大御所様・御前様が外様大名で一番信頼出来る御仁と云っておられた。」

と、酒井忠勝が云うと各自自分の屋敷に帰った。

佐竹近衛権左少将義隆は、屋敷に戻ると家臣に矢野倉へ弾左衛門を呼びにやらして屋敷に連れて来た。

「弾左衛門、今、川の改修工事は何処まで進んでおるか。」

と、義隆が聞くと、

「伊達家が、鳥越と伝馬町の間に水路を開く御用普請の約束があるそうですが未だに出来ておりません。其の為に河越から荷は入間川を通って大曲から住田川への水路が出来ておりません。いまだに道三堀へ流れております。代わりに荒川の流れを岩淵辺りから住田へ流れを変えて川幅を広げました。」

と、弾左衛門が云うと、

「では、大曲辺りは泥が溜まっておるな。」

と、義隆が云うと、

「はい、直ぐに溜まって住田の方へ水が行こうとします。」

と、弾左衛門が云うと、

「では、大曲辺りの浚渫を我が佐竹家が責任を持って行おう。」

と、義隆が云うと、

「それは、有り難いことで御座います。」

と、弾左衛門が云うと家臣を今度は車館へ呼びにやって車善七を連れて来た。

「善七、人夫を使って大曲辺りの入間川の浚渫を我が藩の仕事として受けることとなったので受けてくれ。」

と、義隆が云うと、

「殿からの命で浚渫工事をやらして頂きます。」

と、車善七が答えると矢野弾左衛門が古河国主土井利勝殿の命令で矢野から車への仕事をお願いして利根川の流れも変えていることも話すと、

「その件は、先ほど保科正之殿から保科屋敷で聞いた。あとどの位掛かるのか。」

と、義隆が聞くと、

「以前、土井利勝様が佐倉国主の時代手賀沼と霞ヶ浦の水路を利用して、常陸川の流れを銚子へ流す工事をして人夫達に払う鐚銭が足りなくなりましたが、土井大炊頭殿が都合を付けてくれました。その前は嶺岡の牧の整備と二つの御殿造営にも土井利勝様の指示通りに仕事をして、城から鳥越を通り檜前の牧の横を通って今ある矢野蔵前を通り住田の川幅がない頃川を渡り、松戸から行徳への道を整備して行徳御殿を造営して嶺岡の牧へ道を造り嶺岡御殿も造営しました。今は、古河国主として渡良瀬川の流れを古河で赤堀川と合流させて関宿で逆川を通って、江戸へ行く川と常陸川に合流させて銚子へ注ぐ川を分離させる工事をしております。」

と、矢野弾左衛門が答えると、

「あい判った。」

と、義隆が地図を広げながら説明を受けて、

「何時か、我が久保田からの荷が銚子を通って関宿から江戸へ来るようになると良いな。外海での事故が減って便利になるな。車善七も人夫を出してやれ。鐚銭は我が藩

の丁銀を矢ノ倉へ届けて支払ってもらえ。」

と、義隆が云うと丁度そこに増上寺法主了学僧が来て、

「義隆、噂によると天海が坂本の西教寺傍で銅銭鋳造を幕府公認で行い、延暦寺の改築をしていると聞いたが本当か。」

と、了学僧が聞いてきたので、

「兄上、事実で御座います。井伊掃部頭直孝殿が保科正之殿に相談して許可されたそうです。」

と、義隆が答えると、

「保科殿・掃部頭殿ともあろう方が。訳があってのことであるな。」

と、了学僧が云うと、

「判りません。」

と、義隆は答えた。

「では義隆、増上寺傍らにも銅銭鋳造所を幕府公認で認めてもらい寺の大改築をしたいと、あと一つ昨年京知恩院の御影堂が火事で焼失したので再建したいと肥後守殿にお伝えして頂きたい。」

と、了学僧がいうのを見て、矢野弾左衛門と車善七は、了学僧と義隆殿が実の兄弟であることを初めて知った。

「江戸も大きな都市になって住田の辺りでは灯芯の材料になる葦・茅などが採るのが難しくなっています。利根川の流れが変わった暁には利根川の地で灯心材料となる葦・茅の栽培が出来る様に保科正之殿にお伝えください。」

と、矢野弾左衛門が云うと、その頃保科屋敷では、

「豊後守、春日の局と天海僧から松平信綱を河越城主に移動して如何と願いが出ているが、以前ほど伊達家の心配もないので壬生を三浦正次殿に預けて忍藩へ移って貰えぬか、古河国主土井大炊頭利勝殿が、水路の変更に力を注いでいる処の上流になるが、忍の川の流れもそのあとに変更を考えているところなので良い方法を調べて頂きたい。酒井宮内大輔忠勝公も先日話していたように春日の局と天海僧を城から出したいと思うが良い知恵はないか。」

と、保科正之が云うと、

「将軍に早くお世継ぎ誕生を促しては如何と思いますが。」

と、阿部忠秋が云うと、

「豊後守も承知の通り男色しか興味がなかったら如何致す。」

と、真顔で正之が云うと、

「城の奥は、男子禁制として女子に男装をさせては如何ですか。」

と、忠秋も真顔で答えた。

「それは、面白い。」

と、正之が云うと、早々に春日の局の部屋を訪ねる為に目通りを願った。

「お局様には、ご機嫌麗しく御無沙汰しております。」

と、正之が云うと、

「肥後守が我が部屋を訪れるとは如何致した。」

と、春日の局が云うと、

「大御所殿・御前様から我が兄君竹千代君の乳母を命じられ将軍を育てて頂き誠に感謝いたしております。弟である肥後としては次に将軍にお世継ぎが誕生することを願う次第で御座います。」

と、正之が云うと、

「肥後守には、お世継ぎはいるのかな。」

と、春日の局が聞くと、

「まだおりません。兄君より先に嫡子を誕生させると家臣達が将来将軍へと考えて、徳川宗家との関係を悪くすることになりかねません。」

と、正之がすまして云うと、

「肥後守の御心配もご理解しますが、将軍様は晩熟(おくて)で小姓と遊ぶのがお好きなようで困っております。」

と、春日の局が答えると、

「では、奥女中達だけの部屋を造り、将軍様には奥女中に小姓の着物を着させては如何ですか。」

と、正之が云うと春日の局は脳裡で肥後守は将軍の男色の趣味があることを知っているのかと思った。

「肥後守の考えは面白いので何時か奥女中にやらしてみようと思います。天海僧の提案で伊達政宗公も亡くなり二荒山神社の大改築をしたいと申しておるが如何かな。」

と、春日の局が云うと、

「そちら様が隠している財宝で大改築をなさるのであれば許します。但しこれからは政に意見は許しませんから宜しくお伝えください。」

と、保科正之が強い口調で云うと、春日の局の部屋を後にした。この年寛永十四年の暮れになると大御所殿が武田家再興を願って、下山の方の子信吉公の妹君振姫様の嫁ぎ先の安芸国主浅野長晟から連絡が入り、正室他界の報告が入り阿部忠秋は急ぎ土井利勝屋敷を訪れた。

「豊後守、わしに如何にせよと申すのか。」

と、利勝が聞くと、

「大炊頭様には、以前将軍に松平神社建設願いを正使名代としてお願いして鳥越神社傍に建立をして頂きました。この度信松院の姫も同じ神社に祀って頂きたくお願いに参りました。出来れば柳原の西福寺を松平神社傍に移転させて頂ければとお願いに参りました。」

と、阿部忠秋が云うと、

「また、将軍に面会してお願いをするのか。」

と、利勝が云うと、

「大炊頭殿は、将軍の記憶からお忘れになられているかも判りません。」

と、豊後守が云うと、

「将軍の知恵では、わしのことなど忘れているに違いない。酒井忠勝を宮内大輔でなく讃岐守と間違えておる様では話にならぬ。」

と、利勝が云うと、

「将軍御目通りには、讃岐守・春日の局・天海僧を立ち会わせて時間をかけてお話をしてください。」

と、阿部が云うと、

「わしのことを思い出させる為にか。」

と、利勝は薄ら笑いを浮かべながら了承した。

「話は変わるが、掃部頭は如何している。」

と、大炊頭が聞くと、

「江戸在住なので屋敷においでになられると思います。」

と、豊後守のそっけない返事に利勝は何かを感じてそれ以上のことは聞かなかった。伝役を務めている豊後守の指示通りに将軍とお目通りをして、西福寺の件は将軍名代として移転建築及び永代供養代百両が幕府から出費することとなった。また長く話していたので記憶が戻り、土井利勝を将軍は大老に指名をした。

帰りに保科屋敷に大老就任と今後の打ち合わせをする為に寄った。

「本日、阿部豊後守の考え通りに長く話した為に記憶が戻り大老の推挙を受けた。また西福寺も大御所殿・御前様・下山殿を祀った松平神社傍に移転が許可された。」

と、土井利勝が話すと、

「今此処にお集まりの皆様方で徳川幕府の治世を治めていきたいと思います。」

と、正之が云うと、

「あともう一人井伊掃部頭直孝殿がおりますが、いま暫く猶予を頂きたい。」

と、阿部豊後守が云うと、

「では、まず春日の局と天海僧は、嫡子誕生の暁には城から出て頂き、お福殿には比丘尼屋敷へお移りを願い致します。天海僧には不忍の円頓院へ移って頂きます。両名とも将軍との間を疎遠に致します。次に近江坂本で先日許可した銅銭鋳造を中止させて頂き延暦寺への財源を絶ちます。河越城主松平伊豆守信綱が移封の折、天海僧の指示で河越北院へ隠した甲州豆銀を二荒山神社と円頓院改築の費用として使わします。天海僧は円頓院で生活して貰い北院では生活させません。伊達陸奥守対策を強化する為に、鶴岡酒井宮内大輔忠勝軍と佐竹近衛権左少将義隆軍が直ぐに合流して攻めることの出来る新庄から陸奥府中までの道を新庄藩嫡子養子戸沢定盛殿を惣代として、中山峠尿前までの道を急ぎ整えさせて封人を置き狼煙台を置いて戦の時の準備を致します。」

と、保科肥後守正之が話すと、

「利根川の水路変更は大いに役立っている。大御所殿時代から信頼が厚い矢野弾左衛門を連れて行き差配させては如何かな。」

と、土井利勝が云うと一同同意して、

「では私が、矢野弾左衛門を屋敷に呼びつけて戸沢定盛殿の指示を仰ぐように命じますが如何でしょうか。」

と、佐竹義隆が云うと、保科正之は新庄藩主戸沢政盛宛てに文を祐筆に書かして伝馬で届けた。

「弾左衛門が話していたが今では住田川で灯芯材料である葦・茅を刈ることが難しく、新しく利根川の出口鹿島辺りを井伊家の飛び地として頂き、矢野家直接管理地にして頂き葦・茅を川辺で育てたいと云っていましたので許可して頂きたいと思います。」

と、土井正勝が云うと、

「まだ川の流れが安定していないと報告を受けております。時期尚早と思いますので、矢野弾左衛門の新鳥越屋敷傍らで暫く育てることを許すと伝えてください。」

と、正之が云うと一同賛同して正之が話を続けた。

「本日の様に大事な政は皆様と共に決めていきたいと思います。春日の局にも同意いただける様に大老職には、酒井讃岐守忠勝殿・土井大炊頭利勝殿・井伊掃部頭直孝殿の三名にお願いをして、老中には、青山大蔵大輔幸成・松平伊豆守信綱・阿部対馬守重次・阿部豊後守忠秋・堀田加賀守正盛ら五名を指名して補佐役の私保科正之の九名で表向きはして春日の局と天海僧は、酒井忠勝殿・井伊直孝殿・堀田正盛・松平信綱の四名は自分達の意見が通り易い人々と考えていると思いますが、実態は酒井忠勝殿と堀田正盛と松平信綱の三名にすぎず、政の実権は我々が行うと云うことに致したいと思いますが如何でしょうか。」

と、保科正之が尋ねると一同は同意した。

「先日、増上寺法主了学僧が我が屋敷に来て増上寺傍で銅銭鋳造を許可して頂きたいと申し出がありましたが如何でしょうか。」

と、佐竹義隆が云うと、

「天海僧の噂も聞き、了学僧もお考えがおありであろう。許可を致しますとお伝えください。」

と、保科正之が云うと、佐竹義隆は深々と頭を下げた。

「天海僧の策のお蔭で比叡山や二荒山には仕事があるが江戸での仕事は少なく、了学僧の申し出の増上寺大改築の計画は江戸の人夫達に銅銭を与えることとなり、昨年の火事で焼失した京知恩院御影堂再建にも銅銭の流通が多くなり、両替商や商人が歓ぶと思います。今の江戸は太閤殿下の命で急ぎ仕事で出来た町並みで、武家地も人夫達も伝馬町や鳥越の地に集まっていて区別がよく出来ていません。」

と、酒井宮内大輔忠勝が云うと、

「よく御前様が、会津の蒲生氏郷・秀行・忠郷三代の治政を褒めておられました。」

と、阿部忠秋は御前様秀忠公がよく話していた蒲生家が治めていた近江・伊勢・会津での士庶別居住区分の話をすると、

「御前様が、話していましたが蒲生家は、六角氏の重臣で近江国蒲生地区預かりの身分で永禄十一年織田信長公が蒲生地区へ攻め込んだ時、蒲生賢秀が当時幼少の名を鶴千代君と申していた後の氏郷殿を人質に差し出し、信長公はいたく感動して姫君との婚姻の約束をさせた。天正十年の本能寺の変で危機を迎えるが、豊臣秀吉公に味方し

て天正十二年小牧・長久手の戦いでは、太閤殿下の家臣として手柄をあげて伊勢松ヶ島城主十二万石の大名に取り立てられ、天正十八年の小田原攻めの後太閤殿下と共に大谷吉継は関六州の検地見回りに向かった。氏郷・秀行親子は伊達政宗が小田原攻めの隙をついて小田原に向かう途中蘆名義広を攻め破って小田原に参陣した為、太閤殿下は蘆名攻めを認めず会津から撤退するように指示して、見届け役に蒲生親子を指名して黒川城に入城してそのまま論功行賞として城主になり名を若松城と改名した。秀行が文禄四年に亡くなり、三代目の忠郷公が統治していたが、寛永四年に無嫡子の為に弟忠知に家督を譲ることを認める代わりに伊予松山藩加藤嘉明との交換移封がされた。表向きは交換移封であったが伊達政宗公の長男秀宗公が藩主である伊予宇和島藩の見張りと陸奥府中との文のやり取りがないか、謀反の兆しがないかの策として水戸徳川家と連絡しての策と聞いている。会津の士庶別居住区分と云う策を江戸の参考にしたいと考えておる。話は変わるが幕府公認の銅銭鋳造の銅座を何処に開いたらよいかお知恵をお貸し願いたい。」

と、正之が云うと、

「現在の江戸では、新鳥越の矢野弾左衛門屋敷傍と金吹町の後藤庄次館傍で鋳造をしています。そして今回増上寺傍でも新しく座を開くことを決めました。京にはなく天海僧が比叡山の為に開いている坂本西教寺傍は、銅銭鋳造と摂津渡辺村では鐚銭鋳造で五か所で寛永通宝を鋳造しています。今から十数年前の元和三年頃城で伊達陸奥守政宗殿が米沢藩家臣直江山城守兼続殿に向かって陸奥府中で鋳造した鐚銭寛永通宝を懐から出して見せようとした折に、直江殿が軍配を握る手で鐚銭を触ることは出来ませんと云って扇を開いてそこに鐚銭を置くように陸奥守に指示をしたそうです。鐚銭は大名・上士は触れることを許さず、下士・農民・工人・職人で流通していた通貨でありまして、銅銭が大名・上士・公家・僧侶に流通していた通貨でありました。陸奥府中でも鐚銭鋳造をしていると思います。」

と、阿部忠秋が云うと、

「利根川での治水工事には銭が掛かるので水戸にも開いて欲しいと思うが。」

と、土井利勝が云うと、

「徳川宗家としては、まだ戦をしたくないので陸奥府中も正式に公認して毛利殿の長門にも銅座を開くことを認めようと思うがよろしいか。」

と、酒井忠勝が云うとこれら八か所の呼び名を正式に銅座と統一して鐚銭鋳造とは云わず幕府公認の銅銭鋳造所と云うことになった。

　摂津渡辺村でも正式に銅銭鋳造が認められて表裏共に鋳造出来る様になると、鐚銭の流通がなくなりこの地も銅座あるいは銅屋と呼ばれるようになり、丁銀や豆銀と正式に両替が認められた。しかし鐚銭を持ち込む者もいて風評被害もあって差別的な要素は残ったが、仲間同士で交換比率も決められて町人文化が発達した。

大御所殿が入府した頃の江戸は、ひなびた平城を遠山景彦が管理していて城の前に弾左衛門の館があり傍で葦・茅などを育て乾かした後、随を取り出し束にして集めて灯芯を作っていた。待土山の方では燈心皿になる素焼きの皿を焼いていた。駒形堂の豊島駅には小田原からの船が行徳で塩を積んで豊島駅に寄って板橋・河越へ行く船も集まって、官牧十八か国三十九牧の一つの檜前の牧があり牧別当が管理した白皮を届ける者もいた。この地に船が集まるのを鳥越の丘から狼煙を上げて知らせる者がいた。小田原支配以前は、鎌倉の扇ヶ谷上杉修理大夫定政の宿老太田持質が河越城主となり、行徳の塩と檜前の牧で作った白皮を河越へ運んだ。大御所殿が檜前の牧の役割を嶺岡の牧へ移し管理者を矢野弾左衛門の配下の者に代えて任した。

江戸では、人口が少しずつ増加して内藤新宿まで人夫達が住む様になり、新しく四谷と云う町屋を造った。大御所殿が入府した頃は、江戸には鳥越・千束・石浜・斎田・峡田の五村しかなく、家康公が許した町屋は、鳥越だけで名主を置き浜松から呼び寄せた村田平右衛門にさせた。その鳥越も人が多くなり常磐橋前は本町と云う町屋となり、本町から分割されて後藤家の屋敷で金の鍛造をするので金吹町と呼び、隣は伝馬町と呼ばれ、伝馬町も大伝馬町と小伝馬町に分割されて、又隣は馬工部町と云う馬の良し悪しを判断する者達が住んで市が開かれるようになり、馬の病気を治す者達も集まり、隣町の伝馬町の馬たちを育てる者達も集まって来て新しく町が博労町とも馬喰町とも呼ばれる町が出来た。不忍の池からの水の流れは三味線堀を通って住田の川に注ぐようになり、鳥越の町屋は城から東北の隅にあたるので鳥越橋を架けて陰陽二神を繋げる橋として二本の橋を架けて擬宝珠をつけて、二十年に一度架橋する江戸で一番大事な橋の一つとして大御所殿から申し渡された。あと一つの役割は、伊達軍の江戸進軍を難しくする為に二本の橋を架けて、戦の時は二本とも壊し江戸入城を難しくし、鳥越七曲がりと云う細い道を通らなければ城へは行けないようにして、普段の時は一本が壊れても予備がある為通れて修理が出来る様になっていた。

新庄では、戸沢定盛に命じていた道が矢野弾左衛門の差配の下出来上がり、

「定盛殿、中山峠尿前には狼煙台を作り封人を置いて伊達軍の様子が新庄までは直ぐに判る様になりますが、鶴岡の酒井様や久保田の佐竹様までは連絡がいきとどきません。」

と、弾左衛門が尋ねると、

「弾左衛門は、如何にしたらと考える。」

と、定盛が逆に尋ねてきた。

「初代矢野弾左衛門の話によりますと大御所殿が江戸入府以前、小田原の後北条家の船が塩の生産地行徳で塩を積み込んでの帰り道、江戸の駒形堂近く豊島駅で塩と交換

に長吏頭矢野家が生産していた灯心材料と、真土山地区で生産していた灯心皿と檜前の牧で生産していた白皮とを交換していました。また、河越からの舟にも分けて渡していました。行徳からの帰り船が来たことを知らせるのに鳥越の丘にある明神様の使いが狼煙を上げて素早く各地に伝えました。同じ様に最上川沿いの真室川から国府を新庄へ移してその地の小高い丘に社を建立して、横に狼煙台を造り中山峠尿前からの烽火を見つけて、最上川沿いにも狼煙台を適当な間隔で置いて鶴岡酒井様に連絡が届くようにして、同じように久保田の佐竹家にも院内・横手・角館に狼煙台を置いて備えれば両家に連絡が早いと思いますが。」

と、矢野が云うと、

「弾左衛門、そちがあそこに見える丘に社を建てろ。」

と、定盛が命じると、

「では、お言葉に甘えて社の名を鳥越明神とさせて頂きます。」

と、弾左衛門が云うと、

「社守は佐竹義宣公をお祀り致そう。」

と、定盛が提案をして直ちに義父政盛に伝えると、政盛は非常に喜び新庄城の築城を急がし鳥越明神が見える方角に窓を造り楽しみに待った。

　江戸の城では、春日の局と天海僧が、

「天海、御祈禱で将軍様のお世継ぎはまだか。」

と、春日の局が云うと、

「お局様が、女子と交わる様に指示をして頂けねば無理で御座います。」

と、天海僧が話すと其処に河越国主松平信綱が来て、

「何かお呼びでしょうか。」

と、信綱が聞くと、

「大老・老中達は何か政を御考えかな。」

と、お局様が聞くと、

「伊達家対策で造っていた背後から攻める道が出来たようです。阿部豊後守忠秋には忍藩の加増が許されたことが保科正之殿より発表がありました。」

と、信綱が話すと、

「この二、三年は何も目立った政をしていないではないか。」

と、お局様が云うと、

「城の紅葉山に東照宮と台徳院廟を建てて、徳川の治世を後の世に残す文庫も造る様に大老・老中達に申し上げろ。許可が下り次第紅葉山にある品々を一時的に河越北院へ運べ。」

と、天海僧が云うと其処に井伊直孝殿がお局様に挨拶に来た。

「丁度よい処に参った。大老・老中達は今なにも政をしていないと聞くが、御前様が出した鎖国令がいまだに実行出来ていないと聞くが、再度将軍様の命で出すように井伊大老から進言しては如何と思うが。」

と、春日の局が云うと、

「鎖国令は、伊達政宗公が大船を造って米を江戸に運んで船の道を確認したり、陸奥国ではキリシタンを容認していた為に御前様が政宗公対策に出した政策でありまして、政宗公も他界しておりますので今は必要御座いません。」

と、強い口調で直孝公が云うと、

「大老、将軍が何も御触書を出さないと云うことは良くないと思わぬか。」

と、天海僧が云うと、

「今、必要な御触書では御座いません。」

と、再度井伊が云うと、

「井伊大老、私達がこれほど申しているのに聞き入れてくれぬか。」

と、半ば脅しの様にお局さまが云うと、

「判りました。老中達を集めて相談してみましょう。」

と、云って春日の局の部屋を後にして保科正之の御用部屋へ鎖国令の話をしに行った。

「肥後守殿、今お局様から鎖国令を再度将軍の名で出すように云われた。私は御前様が伊達政宗公対策で出したお触れで今は必要ないと申したが聞き入れて貰えなかった。わしの不甲斐なさで承諾してきてしまった。誠に申し訳ない。」

と、井伊直孝が云うと、

「掃部頭殿、今暫くの辛抱で御座います。土井大炊頭利勝公・酒井宮内大輔忠勝公・阿部豊後守忠秋・佐竹近衛権左少将義隆達とは何時も知恵を出し合って政を私の部屋で決めて参りました。掃部頭には嫡子直滋殿のことで春日の局と天海僧に恫喝されているのもあと暫くの辛抱です。」

と、肥後守が話すと、この何年間の気持ちが晴れる様になって、

「肥後守殿は、御存知であったのか。」

と、直孝が聞くと、

「以前、将軍上洛のお供の折阿部豊後守と京・大坂を視察していた時、内大臣が彦根の直滋殿の処へ暫くいたので豊後守が彦根まで迎えに行きました。暫くするとお局様にも気づかれましたが、豊後と私の二人は何も云わずこの件を知っているのも二人だけです。」

と、正之が云うと安堵した様子で一歩下がって深々と頭を下げた。

「ついては、今回の鎖国令の件如何致す。」

と、直孝が聞くと、

「お局部屋で決めて参った話を私と会って中止ではあちらの二人に悟られます。今回の件は、大老が強く要求して私が折れたようにして少し変更して御触書を出すことと致します。」

と、正之が云うと其処に佐竹義隆が了学僧を連れて訪ねて来た。

「井伊大老殿には御無沙汰いたしております。今日は、了学僧の方からお願いがあって参りました。」

と、義隆が云うと、

「了学僧、申してみろ。」

と、正之が云うと、

「肥後守殿のお許しを頂いて銅銭鋳造が出来たお蔭で、昨年の大火で焼失致した京の知恩院御影堂の再建が無事に終わりました。これからは増上寺の大改築をしたいと思いお許しを頂きに参りました。」

と、了学僧が云うと、

「承知いたしました。就いては、御知恵をお貸し願いたい。」

と、正之が云うと、

「何なりと申し付けください。」

と、了学僧が云うと、

「御前様存命の時代鎖国令を御触書致しました。将軍は再度御触書を考えているそうでございますが、あの時代は御僧も御存知とは思いますが伊達政宗対策で御座いました。今の時代にお触れを出すには如何したら宜しいでしょうか。」

と、正之が尋ねると、

「まず、一つは大御所殿・御前様の御考え通りにキリシタンを厳しく取り締まる。一つは我が国々の大名が大船を造って外へ行くことを禁止して、幕府として大船を造り各大名に幕府の威厳を見せつける。一つは蘭国と明国とのみ通商を認めることといたすとのこの三点を強調した触書を出しては如何と思います。また、琉球国の先の島で鄭成功とか云う者が薩摩藩に援軍を要請しているそうです。援軍を出すことを禁止して我が幕府は鎖国政策をしていることを各国に再度御触書を出しては如何と思います。」

と、了学僧が話す姿を横から見ていた井伊直孝は自藩の秘密を隠すことだけ考えていた自分を恥ずかしく見えた。

　翌日、保科正之は城に上がると、まず御局部屋を訪ねると天海僧と松平信綱と堀田正盛が先にいて正之が来ることを期待して待っていたかの様であった。

「昨日、我が御用部屋に井伊掃部頭直孝公が訪ねて参り、将軍の命で鎖国令の御触書を出したいとの申し出があり昨夜一晩考え此処に触書をお持ちいたしました。」

と、保科正之が云うと触書を懐から出して天海僧に渡して読み上げさせた。

「鎖国令の触書を出すことは理解した。此処に備前大村出島と書いてある処だけ開港して蘭国と明国との商いを許す訳か、何処にあるのか。」

と、お局が聞いてきた。

「この地は聞くところによりますと、山に囲まれた窪地で海の方は入り江になっていて船が安全に入りやすく、荷降ろしが楽で明国と蘭国の船にとって良い環境だそうです。」

と、正之が答えると待機していた堀田加賀守正盛に将軍の印を明日までに頂けるように指示をして下がろうとすると、松平信綱が城の紅葉山に東照宮と台徳院廟と徳川宗家の文庫建設の許可を正之に求めたので逆に、

「徳川宗家菩提寺増上寺法主了学僧より、火事で焼失した浄土宗京知恩院の中にあります法然上人の御影堂が無事に再建が終了したとの連絡を受けましたので、将軍様のお墨付きを頂きたいと申しております。」

と、正之が云うと鎖国令の御触書と共に将軍の印を貰う許可が出た。

　松平伊豆守信綱には、紅葉山に東照宮と台徳院廟と文庫建設の惣奉行が命じられ、天海僧の指示通り河越北院に紅葉山に隠しておいた財宝を無事に持ち出すことに成功

して、将来喜多院で生活が出来る様に講じた。
八か所に銅座を開いたが長州長門の銅座は明国・朝鮮との海外貿易の為の銅座にな
り、幕府公認の出島と政策が反する為に寛永通宝の鋳造を禁止して、代わりに出島に
銅銭鋳造と銅座を開くことに決めた。
新庄城主戸沢政盛に実子千代鶴君が誕生したが、山形藩鳥居家からの養子で迎えら
れていた兄定盛がいた。定盛は江戸の人夫頭車善七と兄弟の血筋である女性が、久保
田藩の家老職を務めていた車家の姫君として育って鳥居家の正室になり、二人の男子
を授かったうちの次男である。また実家の山形藩鳥居家も兄忠恒が亡くなり舎弟の幼
少忠春が家督を相続していたが、幕府はこの地区の安定が出来ていないと判断して、
幼少藩主の鳥居忠春と保科正之の高遠藩との領地交換をしていた為に定盛を預かる処
がなく、翌年自らの命を新庄の地で絶ったが幕府は病死として扱い新庄藩への咎めは
なかった。
保科正之は、了学僧の知恵を借りて御用部屋に藤堂和泉守高次を呼んで、
「和泉守、参府挨拶が無事に終わりおめでとうございます。大御所殿・御前様の時代
には、城普請には率先して頂き父君高虎殿共々有難うございました。」
と、保科正之が云うと、
「父上からの遺言で徳川宗家の為であれば身を粉にして働けと云われております。

何かお役にたつことがあれば命じてください。」

と、高次が云うと、

「有り難いお言葉を頂き早速で申し訳ないが、矢野弾左衛門の矢ノ倉が完成して倉で物資を管理することが出来る様になった。就いては諸大名が驚くような大船を鳥羽の国にいる九鬼水軍の子孫と船手奉行向井将監正直と共に力を合して造って頂きたい。」

と、肥後守正之が云うと、

「あい判りました。材料等は如何にして調達致せば宜しいのですか。」

と、高次が聞くと、

「役儀でお願いをいたしたい。もしも不足の資材があれば矢野弾左衛門の矢ノ倉から調達して頂き資材がない場合は矢野に命じて頂きたい。」

と、正之が云うと、

「どの辺りに大船を造れば宜しいのですか。」

と、尋ねると、

「材料の手配がしやすいように矢ノ倉の対岸牛島辺りを和泉守支配地としてお使い下さい。」

と、肥後守が云うと、

「何時までに完成させれば宜しいのですか。」

と、高次が聞くと、

「来年まではお願いしたい。」

と、正之が云うと、

「判りました。鳥羽より九鬼の子孫を呼んで向井将監と打ち合わせをさせましょう。」

と、云うと藤堂高次は下がり、次に佃の名主孫右衛門を呼びつけ、

「大御所殿の命で大坂の役の時は伏見城へ食料として大量の塩魚・野菜を運んで頂き、また城築城の折は豆州から石切船を手配して頂き福島宰相正則殿の下、坂本の穴太衆をまとめて頂き城普請をして頂き有難うございました。この度は細川越中守忠利殿の下で城の石垣を再構築普請の為に石切船の手配をお願いしたい。」

と、保科正之が云うと、

「祖父摂津佃の名主孫右衛門の話によりますと、大坂城石構築の為に千艘の石切船が手配され、湾に待機させられ時が無駄になったそうです。父孫右衛門は江戸城の堀石構築の時は石切船を大きくしましたが、今回は巾十三反の石切船を造りたいと思いますが如何でしょうか。」

と、名主孫右衛門が云うと、

「鉄甲船とは、違うのか。」

と、正之が聞くと、

「祖父の話によりますと九鬼水軍の鉄甲船は、動きが鈍く豆州から石など運ぶことは出来ません。」

と、一笑に付して話を続けた。

「日向の大友宗麟の家臣の子孫で尼崎又次郎と云う石切船の造り方に優れた者がいます。その者を今回は細川様の配下にしては如何でしょうか。」

と、孫右衛門が云うので配下にすることを許可した。

矢野弾左衛門の矢ノ倉が住田の畔に出来たので入府以前からあった常磐橋前の館を尼崎又次郎に与えて、人夫達が利用した川風呂を廃止して小田原町と名を変えて佃島からの塩魚や貝類などの荷揚げ場所として使うようになり、隣は尼崎が城に近いので石上げ場所として使った。

矢野弾左衛門集道が亡くなって暫くすると、正式に奉行所からお目見えが許されて嫡子集連が矢野弾左衛門を名乗ることが許された。先代の集道の時代よく働いていた豊島勘解由左衛門泰利を御家人に戻れる様に、集連が鳥越名主村田平右衛門の館に二人でお願いに来た。その足で三人は阿部忠秋の屋敷を訪れて、

「豊後守様、先代矢野弾左衛門の下よく働き仕えていた豊島一族の長、泰利から御家人に戻りたいとの願いがありまして本日此処に連れて参りました。」

と、名主村田が云うと、

「来年は、将軍お世継ぎになれば二荒山神社大御所殿御廟の大改築があるかも判らない、その時には矢野弾左衛門の力が必要になる。豊島勘解由左衛門泰利をわが家臣杉浦内蔵介の配下御家人として採用したい。豊島泰利は、暫くしたら家臣杉浦内蔵介を訪ねて挨拶をいたせ。」

と、阿部豊後守忠秋が云うと名主村田と矢野と豊島の三名は下がり、村田館で御家人に戻った豊島泰利に、失礼がないように阿部豊後守家臣杉浦を訪ねる様に再度指示をした。


翌寛永十八年に待望のお世継ぎ竹千代君が誕生して城の中は祝賀一色になっていたが、保科正之と阿部忠秋はお局様と天海僧の分断作戦を始めた。案の定春日の局は天海僧の指示の下阿部豊後守を御局部屋に呼びつけて、

「豊後守、お世継ぎ誕生お祝いに二荒山神社に大御所御廟堂を大増築したい。」

と、春日の局が云うと、

「今、幕府には金子が御座いません。如何したら宜しいでしょうか。」

と、忠秋が尋ねると、

「国々の大名に徳川宗家四代目竹千代君誕生の祝儀を出すように命じて、二荒山神社大改築の手伝い普請と金子を大名の石高に応じて出すように命じては如何かな。」

と、天海僧が云うと、

「では、惣奉行に誰を指名致しましょう。」

と、忠秋が聞くと、

「お主豊後守が惣奉行をなされては如何かな。」

と、春日の局が云うと忠秋は昨年から肥後守と考えていた通りになり、二荒山神社大改築の現場責任者を家臣杉浦を置き、配下に御家人豊島泰利が四代目弾左衛門と連絡を密にとって忠秋が二荒山神社へ余り行かずに済むように考えて、

「将軍の命であればご指示に従います。但し私は将軍伝役を仰せつかっております。将軍にお目通りを願って指示を直接頂きます。宜しいでしょうか。」

と、忠秋が直ぐに同意して条件を云ってくるので春日の局と天海僧は驚き、そのまま将軍御目通りを許す為に堀田正盛が呼ばれて、

「堀田正盛殿、将軍へ阿部豊後守忠秋殿の御目通りの取り次ぎをお願いいたします。」

と、春日の局は次期伝役を堀田殿を考えていることが判り、丁度そこに松平伊豆守信綱が御局部屋に来て、

「紅葉山の東照宮と台徳院廟と御文庫建設が進み、紅葉山にある資料を一時的に河越北院へ運ぶ許しを頂きたく参りました。」

と、信綱が云うと忠秋は脳裡で、わしが二荒山神社で惣奉行をして肥後守を呼んでいる間に財宝を紅葉山から喜多院へ移す計画があることを悟った。其処に堀田正盛が

戻ってきて将軍お目通りの儀が許されたことを伝えに来て、阿部豊後守と春日の局と天海の三人は堀田殿の先導で書院に向かい将軍は何時もの通り御簾越しに座り、

「将軍様にはご機嫌麗しく、この度は御世継ぎ竹千代君誕生おめでとうございます。

　就きましては、二荒山神社に大御所殿の大廟堂建築のお許しを頂きたく参上いたしました。惣奉行には私阿部豊後守忠秋が指揮を致しまして、作事方棟梁には大御所殿付きでありました四代目矢野弾左衛門配下甲良宗広を使いたいと思いますが、お許しを頂きたく参りました。また、京知恩院御影堂完成のお墨付きを頂きたく増上寺法主了学僧より願いが出ております。了学僧より浄土宗関八州総本山増上寺の総普請願いが出ております。合わせてお墨付きを頂きたく参りました。」

と、忠秋が云うと将軍は一言、

「あい判った、良きに致せ。お墨付きは祐筆の方から出す。」

と、云うと将軍は書院を後にした。

　控えの間で待っていると忠秋の処に二通の将軍お墨付きが届けられて翌日保科正之の外桜田屋敷を訪ねて報告をした。

「昨日、将軍御目通りを願い、二荒山神社の御廟堂建設の惣奉行を私が拝命して参りました。作事方棟梁に甲良宗広を指名してお墨付きを頂きました。また、知恩院御影堂大改築完成と増上寺大改築のお墨付きも合わせて頂いて参りました。」

と、豊後守が報告をすると、

「将軍から直ぐに御墨付きを頂いたことは良かったと思う。豊後守将軍お世継ぎ誕生で来年には御局様には城御用部屋から比丘尼屋敷へ移って頂き、天海僧は円頓院へ移って貰うようにしたいが如何したら良いか。」

と、肥後守が云うと、

「十分に議論して誰が二人に話をするか、何時までに移って頂くか、もう暫く秘密裡に致しましょう。明日から暫く矢野と甲良を連れて二荒山神社へ惣奉行として行ってきます。」

と、豊後守が話すと保科屋敷を下がり、自分の屋敷に佐竹義隆と了学僧を呼んで隣の部屋に四代目矢野弾左衛門を待機させた。

「了学僧殿、この度知恩院御影堂再建と増上寺大改築の将軍御墨付きを頂くことが出来ました。」

と、阿部忠秋が云うと、

「豊後守様には本当に有難うございます。徳川宗家が浄土の教えの道に進み戦のない清浄な国土へ進むことで御座いましょう。」

と、了学僧が云うと、

「此処にいる家臣は、杉浦内蔵介と申して配下に昨年豊島勘解由左衛門泰利を組み入れた。泰利の祖先は北条の家臣の流れをくみ大御所殿江戸入府以前から住んでいる一族で一時矢野配下になっていたが、三代目矢野弾左衛門集道が亡くなった後四代目集連が鳥越の名主村田に頼みわしの処に連れて来て御家人として杉浦の配下にした。肥後守殿と相談して二荒山神社御廟堂惣奉行を将軍よりお墨付きを頂いてすることとなり、江戸を留守にすることを少なくする為に家臣杉浦と豊島泰利は二荒山神社で陣頭指揮をして貰う。作事方棟梁には矢野弾左衛門配下の甲良宗広をあてる事に決めた。就いては五日後巳刻千住に集まって二荒山へ向かうので宜しく頼む。」

と、阿部豊後守忠秋が云うと控えの間にいた四代目矢野弾左衛門は佐竹近衛権左少将義隆と共に神田の佐竹屋敷に向かい、矢野の手の者に甲良を屋敷に来る様に呼びに行かせた。

佐竹屋敷に着くと、義隆から甲良に二荒山神社御廟堂建築の作事方棟梁に甲良宗広が指名されたことを伝えた。

「少将殿、銅銭が流通し始めてから江戸市中では少ない仕事を人夫達から一定の率で銅銭を取り上げる人夫頭や、仕事がほしければ賄賂を要求する人夫頭達がいます。」

と、弾左衛門が云うと、

「車善七が差配しているのではないのか。」

と、義隆が云うと、

「円頓院の仕事は、車善七の処では差配していません。」

と、弾左衛門が云うと、

「豊後守殿に二荒山神社大普請の手配が終わったら話してみよう。」

と、佐竹義隆が云うと、

「藤堂和泉守高次殿が昨年から惣奉行をなさっていた大船造りが完了したようです。我が倉対岸に現れてきましたが、穴が百か所位ありますが本当に動くのでしょうか。」

と、矢野弾左衛門が問いかけて来た。

「伊達陸奥守政宗殿の依頼で大船を造った御船手組頭向井将監正綱の肝煎りで出来た船である。動かないわけがない。そんなに大きい船か。」

と、佐竹義隆が云うと、

「それはとても大きい船で御座います。町の噂によりますと藤堂和泉守高次殿は、鳥羽から織田信長公の時代からの水軍の子孫で九鬼氏の者も参加して造ったとのことです。」

と、弾左衛門が云うと、

「二、三日内に矢ノ倉へ行き対岸から見ることと致すので宜しく頼む。」

と、佐竹義隆が云うと早々に矢ノ倉に来て大船を見た。

「確かに、今までに見たことがないほどの大船であるな。」

と、佐竹義隆が云うと、

「完成して二、三月が経ちますが動いた様子が、ありません。」

と、矢野弾左衛門が云うと、

「肥後守様と豊後守様にお会いする時に話をしておこう。」

と、云うと佐竹義隆公は、屋敷に戻った。

　天海僧は阿部忠秋殿を帯同して、二荒山神社御堂建設予定地を豊後守と甲良宗広に指示をして御堂の名を輪王寺と名付けて、また豊後守を連れて大御所殿が埋葬されている小さな御堂を二荒山神社の本宮として再度の改装を指示して、奥の院の建設も指示して奥の院へ繋がる平らな穏やかな地を明智平と呼ぶようにと名付けた。

　阿部豊後守忠秋は、以前佐竹義宣公や金地院崇伝僧が話していた通り天海僧は、明智光秀の子であると確信して江戸に戻った。

　寛永二十年正月保科正之外桜田屋敷に、井伊掃部頭直孝と阿部豊後守忠秋と阿部重次が集まり、保科正之が、

「昨年末、将軍に第二若君亀松君が誕生して春日の局と天海僧が城にいなければいけない理由がなくなりました。就いては、以前から申していた通り春日の局様には、比丘尼屋敷へお移り願い、天海僧には、不忍傍の円頓院で生活をして頂きたいと決めた

ことを実行したいと思います。」

と、云うと、

「井伊掃部頭殿が、お伝えするのですか。」

と、阿部重次が聞くと、

「今、私は正直二人に弱みを握られていて、今回は何も行動が出来ないのでご辞退申し上げたい。」

と、井伊直孝が話すと、もう一人の老中阿部忠秋が、

「では、土井大炊頭利勝殿と保科肥後守正之殿のお二人にお願いをして、後でこの屋敷で報告を待つことにしたら如何でしょうか。」

と、云うと全員の了承を取り付けるとすぐに、保科正之は、まず神田橋袂に屋敷を構える酒井宮内大輔忠勝邸を訪れて協力を求めた。協力を得ると翌日城に上がって土井利勝殿の御用部屋に行き、

「わしの最後の奉公で大御所殿の下へ旅立ちが出来る。では、直ちに御局様に面会を求めよ。」

と、云って二人で局様の部屋へ向かうと、天海僧と老中堀田正盛と松平信綱の三名がすでにいた。

「局様には、ご機嫌麗しく本年もお世話になります。昨年将軍様にも第二子亀松君が

誕生しまして将軍家もまずは、安泰になりました。」

と、保科正之が云うと続いて土井利勝公が、

「御局様には、本年八月朔日までに城を出て頂き、比丘尼屋敷の麟祥院へお移りをお願いいたしたく参りました。天海僧には、円頓院へお移りをお願いします。」

と、土井利勝が云うと春日の局は、無論のこと天海・稲葉・松平も驚き、

「如何なる理由かな。」

と、春日の局が尋ねると、

「お世継ぎ竹千代君のご生母於楽の方様の御用部屋を用意致せねばなりません。大御所殿の時代からご生母の御用部屋はございますが、乳母の御用部屋はございません。」

と、強い口調で土井大炊頭利勝が云うと、

「あい、判った。急な話なので考えてから連絡する。今は、下がって頂きたい。」

と、春日の局が云うと、二人は保科正之の部屋に戻った。春日の局部屋では、

「彦根を呼べ。」

と、春日の局が堀田正盛に指示をすると、正盛は、家臣に井伊直孝公の御用部屋へ呼びに行かせると、

「本日は、病の為に登城いたしておりませんとのことです。」

と、家臣が戻って伝えると、

「では、小平太を呼んで参れ。」

と、春日の局が堀田の家臣に云うと、間もなく家臣が阿部忠秋公を連れて春日の局の部屋に参った。

「小平太、今土井大炊頭公と保科肥後守がわが部屋に参って、本年八月朔日までにわしに城から出て比丘尼屋敷へ移れとの命令があったが存じておるか。」

と、春日の局が怒りまくって聞くと、

「初耳でございます。老中を集めて協議を致しましょうか。」

と、阿部忠秋は惚けて質問した。

「今、此処に堀田と松平がいる。そなたも反対をすれば土井と保科の提案は無理となるが。」

と、春日の局が云うと、阿部忠秋は無言のままでいると、

「大老も入れて協議をするように土井と井伊と酒井に連絡をして、保科正之公に大老・老中を交えて協議するように急ぎ連絡を取って頂きたい。」

と、春日の局が云うと、

「あい、判りました。」

と、阿部が云いながら下がり際に、

「確認をさせて頂きますが。保科肥後守正之公・井伊掃部頭直孝公・土井大炊頭利勝

公・酒井讃岐守忠勝公・松平伊豆守信綱殿・堀田正盛殿・阿部重次殿と私の八名で協議して決まれば従うと言うことで宜しいわけですか。」

と、豊後守が自信ありげに話すのを聞いて春日の局は、判断を間違えたと思ったが同意をして阿部忠秋を部屋から下がらせて、四人は局部屋で話し合いを始めた。

「井伊は、土井の方へはつかぬ。堀田・信綱は、こちらの人間であるが、保科・土井・阿部忠秋・重次は無理と考えると、酒井忠勝を金でこちらの指示に従わせるしかない。」

と、天海僧が云うと、

「もし、その協議に負けたら如何致しますか。」

と、松平伊豆守が聞くと、

「小平太の自信ありげな行動が心配だ。」

と、春日の局が弱気に話した。

二日後、溜の間の前廊下に酒井宮内大輔忠勝公がいた為酒井讃岐守忠勝殿は、協議の部屋には入れず宮内大輔公の前を素通りをした。祐筆を交えて協議が始まり保科肥後守正之公が、趣旨の説明を始めた。

「この城は、未だに狭く、大御所殿が、江戸入府以来将軍様にお世継ぎ誕生後まで乳母が城に残ることは御座いません。就いては、乳母春日の局様には城下比丘尼屋敷にお移りをお願いをいたします。御生母於楽の方様の御用部屋を造らなくてはなりません。又、天海僧においては、春日の局のお部屋がなくなるので登城の必要がなくなり円頓院住まいで十分と考えます。また、女御衆のみの部屋を造り男子禁制と致したいと考えております。」

と、正之が話すと直ちに土井大炊頭と井伊掃部頭が賛同すると反対する者は一人も出ずに、祐筆に書かして全員が署名捺印をして連判した。

「天海僧の住まいは、河越北院と考えていましたが。」

と、松平伊豆守信綱が城を出るような結論になったら天海僧から頼まれたことを話すと、

「河越では、いざ相談がある時に遠すぎて不便でございます。円頓院に御住みであればお知恵を拝借する時には、直ちに登城が出来ます。」

と、保科肥後守正之が云うと信綱は、何も答えず春日の局部屋に戻って報告をした。

「馬鹿な、なぜ井伊は何も云わぬ、讃岐守は、何故立ち会わぬ。」

と、春日の局が凄い剣幕で云うと、

「土井大老も保科殿も阿部豊後守も井伊直滋公のことは、ご存知の様でした。また、讃岐守殿は、宮内大輔公が協議の部屋前にいて部屋に入ることが出来なかった様です。」

と松平信綱が云うと、八年以上前の話では脅しも役に立たなかったことに気が付いて

松平信綱と堀田正盛を部屋から下がらせて、

「隋風、此処までで終わりにしよう。わしは、来る四月十七日にこの部屋で自決をして大御所殿にお詫びに行く。隋風は、四月になったら登城は、許さぬ。」

と、春日の局が云うと、

「北院にある財宝を円頓院へ運びたいのですが。」

と、天海僧が云うと、

「馬鹿なことを申すな。お主もわしがいなければ誰に殺されるか判らぬ身、遅くとも寒くなる十月までには自害をなされよ。わしの自害後は、決して円頓院から出てはならぬぞ、登城の沙汰があっても登城するな。」

と、春日の局が戒めた。

春日の局が、自分の御用部屋で自害すると土井大炊頭と井伊掃部頭と保科正之は、将軍へ御目通りを願ったが許されず。暫くの間は、春日の局がいなくなって癪が一段と酷くなったが、それでも六月の季節になると記憶が薄らいできて、保科正之は二の丸御殿の完成を祝って、江戸在住の大名達を書院に集めて、竹千代君の為の二の丸御殿完成を披露した折に、四月に亡くなった将軍乳母の春日の局様の功績を称え、徳川宗家の為に尽力したことを大名達の前で祝辞を述べて、全大名に共に合掌することを命じた。二の丸御殿完成で徳川宗家が安泰であることを宣言して、将軍家光公の命令で各大名に国地図と郷帳の提出を大目付井上政重に指示をした。

「井上、先ほど書院にて国地図と郷帳の提出を指示したが、大御所殿が慶長九年に各大名に国地図を提出させて以来久しぶりであるが、大目付として出来るか。」

と、正之が聞くと、

「国地図と郷帳の提出だけで宜しいのですか。」

と、政重が聞くと、

「何か、他にあるか。」

と、正之が問うと、

「まず、新しい田畑の開墾は認めずの一言を加えては、如何ですか。」

と、政重が云うと、

「それは、よい考えである。」

と、答えると、

「そのあとに、郷帳と共に各国の石高提出も命じては如何でしょうか。」

と、云うと、

「他に、何かあるか。」

と、聞くと、

「城地図も提出させては、如何ですか。」

と、提案すると、

「城地図を求めるのか。外様大名が提出を拒まないか。」

と、正之が聞くと、

「その時は、将軍の命で改易になされればよろしいかと思いますが。」

と、強気に政重が答えると、

「あい判った。」

と、同意すると、

「米・麦・粟などの全ての作物の出来高を提出させては、如何と思いますが。」

と、政重が話すと、

「政重、お主はできるのか。」

と、逆に正之が弱気に尋ねた。

「幕府の触書と将軍のお墨付きがあれば従わすことが出来ます。」

と、政重が云うと、

「あい判った。祐筆に触書を書かして将軍の捺印を頂くことにする。他に何かあるか。」

と、聞くと、

「城図面、国地図の大きさを統一しては、如何かと思いますが。」

と、政重が云うと、

「如何に、統一するのか。」

と、正之は尋ねた。

「各国には、度量衡の統一がなく不便でございます。京で使われている太閤検地で使われた長さを統一基準として各国に渡して、まず各国の城の大きさを来春までに提出を求め、国地図は、江戸へ来る時までに提出を求めて幕府が、把握したいと思います。」

と、政重が云うと、

「大目付井上政重に命じる。幕府のお触書に将軍様の捺印を頂き、来年春までに京で使われている長さを用いて城地図の提出と郷帳、及び全ての農作物の出来高の提出を求めよ。また、各国の大名が江戸へ上がる時までに国惣絵図を求めよ。提出なき大名家は、改易といたす。」

と、保科正之が大目付部屋で云うと直ちにお触書が出て各大名に伝えられた。

　保科正之は、御用部屋に会津藩主加藤明成を呼んで、伊達忠宗対策と江戸の新しい都市創りの為に、自ら山形から会津へ移封したい旨を伝え協力を求めた。続いて家老の友松勘十郎氏興を呼んだ。

「氏興、山形から会津へ国替えをする。そちは、会津へ行き蒲生家が行った士庶別居住区分と呼ばれている武士と庶民とを区分した街並みを調べて来て欲しい。」

と、保科正之が云うと、

「若松の惣絵図と郷帳も調べますので絵師も連れて行きたいと思いますが、宜しいでしょうか。」

と、氏興が云うと許可されて、保科正之の署名が入った文を携えて会津へ向かった。

氏興が若松に来てみると町が武家地と職人地域とに分かれていて、また武家地も役回りで居住地域が分かれていて、職人も同じ職業の人々が同じ地域に居住しているのに驚きを感じたが、一番驚いたのは武家地は夜になって燈明の魚臭い匂いがないことであった。氏興は、急ぎ保科正之公へ伝えたく一度江戸へ戻ることにした。外桜田屋敷に着くと殿は、城で公務中であったのでお帰りを待った。

「殿、驚きました。」

と、家老友松が云うと、

「何をそんなに驚いたのか。」

と、正之が聞くと、

「まず、街並みが武家地と職人地とに分かれています。武家地も城での仕事がある上士は、同じ仕事の武士同士が一緒に地区をつくって住んでいます。下士は、職人地との境に長屋住まいをしています。職人地も同じ職をしている者達は、集まって長屋に住んで傍に仕事場をもって地区を造っています。一番驚いたのは、夜になって武家地から燈明の魚臭い匂いがないことです。」

と、友松が云うと、

「蒲生家は、近江・伊勢で士庶別居住区分をしてきたので驚かないが、燈明の臭いがしないとはどの様なことか詳しく話してみろ。」

と、正之が尋ねると、

「聞くところによりますと、会津は山国で海が遠く、鰯などの魚油がない為に燈明の油を如何にしたら良いか考えたそうです。」

と、友松が云うと、

「では、如何にしたのか。」

と、正之が聞くと、

「蜂蜜から、蜜蠟とかいうものを取り出して燈明台に入れるそうです。この蜜蠟は匂いも余りなく、煤も少ないそうです。」

と、氏興が云うと保科正之は、翌日会津国主加藤明成を書院に呼び出して公に領土の返上をさせて、保科正之本人が国主になることを伝えて七月四日までに城明け渡しをするように以前の手はず通り命じた。

　阿部豊後守忠秋は、保科正之の外桜田屋敷を訪ねて、

「昨年は、四月に春日の局様が、十月に天海僧がこの世を去り、また堀田正吉殿も自害なされて将軍への報告は、如何致しましょうか。」

と、尋ねると、

「春日の局様のことは、病で床に臥せっていると伝えてあるが、将軍のお知恵では、宮内大輔殿と讃岐守殿の酒井忠勝公の区別がつかないことを考えるともう心配ないと思うが、豊後守も必ず伝役として城に上がり御目通りを毎日なされよ。天海僧・堀田正吉のことは、今暫く将軍への報告をせずにおきましょう。」

と、正之が云うと、

「昨年九月十四日に堀田正吉殿・十月一日には天海僧が円頓院において自害なされたそうです。」

と、忠秋が話すと、

「春日の局様の親類は如何しておるのかな。」

と、正之が尋ねると、

「寛永十一年にご子息稲葉正勝殿が亡くなり、その嫡子正則殿御年二十歳がおります。あと、局様の兄君堀田正吉殿のご子息堀田正盛殿がおります。」

と、阿部が云うと、

「今しばらく人事は、変更せずに時期をみて正則殿を城主として推挙すればよいと考える。処で豊後守、蜜蠟というものを知っておるか。」

と、正之が聞くと、

「存じ上げません。」

と、答えると、

「以前堺によった時の話によると京では、紀州太地の海で鯨から鯨油を取り出しその油を高野山・奈良・京の寺院と天皇家の燈明油として使用しているらしい。この油は、九鬼氏が関所を設けて太地への出入りを厳しくして油の持ち出しが出来ぬようになっていて、醍醐寺の管理地として差配していて他の人々が鯨油を取ることが出来ぬようになっているそうだ。以前は、太地から熊野本宮・奈良を通って京までを油街道として厳しく管理されていて幕府も寺社・朝廷に意見が言えず、今は紀州徳川家を置いて少しずつ燈明油を運ぶ油街道の実態が判ってきたばかりらしい。江戸も他の町同様に燈明油は、鰯を中心に魚油を使っていて煤がひどく、匂いも臭い。しかし、会津で使用している蜜蠟とかいう燈明油は、明るく、煤も少なく、匂いも余りしないそうだ。但し灯芯が早くなくなり灯芯を替えるのが大変らしい。」

と、保科正之が話すと、

「では、酒井宮内大輔忠勝公にお願いして関八洲の灯芯全てを管理している矢野弾左衛門に命じて、新鳥越の大川で作っていて役儀で上納している者に特に上物を造らしてはいかがですか。」

と、豊後守が云うとまず城にある矢野弾左衛門の灯芯役儀の灯芯を持ってこさせて、それを屋敷に持って帰った。保科正之の屋敷では、友松を呼んで灯芯皿を三皿用意させて、一皿目には屋敷で使っている灯芯油に屋敷で使っている灯芯を入れ、二皿目には会津の蜜蠟を入れて会津の灯芯を入れた。三皿目には、会津の蜜蠟に城で使用している灯芯を入れて同時に火をつけた。屋敷の灯芯皿より会津の灯芯皿の方が確かに匂いはなかったが、会津の灯芯の方が城の灯芯よりだいぶ早く尽きてしまうので、翌朝城に上がると酒井忠勝を部屋に呼んで、矢野弾左衛門に急ぎ灯芯の改良を命じるように伝えた。

　矢野弾左衛門は、灯芯の責任者を呼んで急ぎ改良するように指示をして、江戸市中の現状を理解してもらえると思って急いだ。

「新しく改良した灯芯をお持ち致しました。」

と、矢野弾左衛門は、神田橋袂にある酒井宮内大輔忠勝の屋敷を訪ねて、目通りを願った。

「わしも、よくは判らぬが多くの大名屋敷では燈明皿に鰯油を注いで灯芯で明かりをつけているが、保科正之殿の新しい領地会津では蜜蠟とか云う物を燈明皿に注いで灯芯に付火をするそうだ。」

と、忠勝が云うと、

「紀州には、鯨街道と呼ばれている熊野街道があって、太地の土豪和田忠兵衛頼元が鯨頭として熊野那智大社と宮中へ鯨油を神輿と称して届けているそうです。鰯油より鯨油は、不快な臭いが少なく煤で部屋があまり茶色く汚れないそうです。鯨は、こちらでは取れず、運ぶのに手間がかかり宮中や大きな寺社のみが使えるそうです。蜜蠟の話は、存じ上げません。大御所殿が入府以前は、灯芯の原料は住田の矢野倉沖あたりで刈っていました。以前の矢野倉沖には葦・茅・葭が沢山自生していましたが、近年は、矢野屋敷がある眞土山沖に移り葭・萱を育てていますが段々江戸の川では育てづらくなっております。土井大炊頭利勝公の利根川の一部を井伊掃部頭直孝殿の飛地にして頂きその地で育てたいと思いますが如何でしょうか。灯芯とは、葭・葦・茅を浅瀬で大量に育てて髄の部分だけを集めて、それを千の束にして乾かすことによって灯芯を作ります。」

と、弾左衛門が話すと、

「この度の灯芯は、以前の灯心とどのように違うのか。」

と、忠勝が聞くと、

「髄の部分を選りすぐり雑ものを取り除いた上物をお届けしました。」

と、弾左衛門が云うと、

「明日、保科正之殿にお届けしよう。」

と、忠勝が云うと、

「殿、今江戸市中では、働く場所がなく人々が飢餓に苦しんでおります。就いては、お救い小屋をつくって粥などを出して救済したく、屑米の供給をお願いしたいと思います。」

と、矢野弾左衛門が云うと、

「その件も明日話してみよう。」

と、約束した。翌日保科屋敷に行くと、

「宮内大輔殿、新しい灯芯が出来上がりましたか。」

と、正之が聞くと、

「昨日、矢野弾左衛門が屋敷に届けて、今までのとは違い茅の良質な髄の部分だけを使った灯芯を持って参りました。」

と、忠勝が云うと、家臣早速燈明台と燈明皿を三つずつ用意させて一の皿には鰯油と役儀で使う灯芯を置き、二の皿には、会津で使われている蜜蠟と役儀灯芯を入れ、三の皿には、蜜蠟と新しく作った灯芯を入れて、三名の家臣に付け火を持たして同時に各灯芯に火をつけた。三種類の燈明台に火がともっている間に矢野弾左衛門が、話していた最近江戸市中には、飢餓者が多い話を保科正之公に話した。

「そんなに江戸市中には、飢餓者が多いのですか。今日のお話は、阿部豊後守忠秋に伝えておきましょう。天海僧のおかげで幕府の財政は一段と苦しくなっております。伊達陸奥守政宗が亡くなり嶺岡の牧での軍事訓練の必要がなくなりましたが、伊達忠宗の側室と後水尾上皇の女御が姉妹との噂があり、お互いに男子が誕生して親戚関係が深くなりました。将軍に第二子が誕生して春日の局様と天海僧には、城から出て頂くようにお願いしたところ昨年春と夏に両人とも自害されました。天海僧の自害が朝廷に知れると後水尾上皇は、興子天皇を退位させまだ十歳の紹仁宮を天皇に即位させました。伊達家と姻戚関係があると噂されている良仁宮には花町宮として御殿も用意しております。近い将来に天皇の位を渡した時には天皇家と伊達家が姻戚関係を表にして徳川家へ反旗を翻した時には我々徳川一門は、朝敵になり多くの大名が、天皇・伊達家に味方をして戦いが起きた時は我が幕府軍は、財政がきつく苦戦を致します。」

と、保科正之が珍しく弱気に話した。

「わしもあと長くは生きることは出来まい。徳川宗家と肥後守の為に最後の奉公をして大御所殿の下へ行きたい。何なりと申していただきたい。」

と、酒井宮内大輔忠勝が云うと、

「有難うございます。大御所殿・御前様の下へ行った時、肥後守が江戸市中を一度大火事を出して大掃除をしたいと言っていたことをお伝えください。」

と、正之が云うと、

「それは、何時するのか。」

と、忠勝が聞くと、

「まだ、豊後守と二人だけで話しているだけで決めておりません。今は、大目付井上政重に命じて各国の城地図と惣国絵図と郷帳の提出を命じております。今、新しく領地になりました会津には、蒲生三代が築いた士庶別居住区分と云う地図区分を家臣に調べさせております。その方法を参考にして新しい江戸の地図に応用したいと考えております。我が家臣が先日会津へ行ったところ、夜の灯が明るく匂いがないのに驚いて一度江戸へ急ぎ戻ってきました。只今の宮内大輔公のお話によれば、市中には飢餓者が多くいるので御救済小屋を作り粥を出して頂きたいとの申し出が矢野弾左衛門からあり、今回は小屋を作り粥を出すことにいたしますが、何時か早いうちに必ず火事を出して飢餓者達の整理をして、士庶別居住区分をしなければならないと考えております。」

と、正之が云うと、

「あい判った。今回粥が出ることだけ弾左衛門に伝えよう。」

と、忠勝が話すと三個ある燈明台の火もまず、鰯油台が黒い煤と臭いを残して消えて、次に暫くして会津から持ってきた蜜蠟と以前から城で使用している灯芯の燈明台が消えて、最後に蜜蠟とこの度矢野が髄の良質の部分だけで作った灯芯の燈明台は、他の二台の燈明台より明るく、煤も少なく、匂いも余りなく長く燃えた。

　保科正之は、江戸家老の友松勘十郎氏興を部屋に呼びつけ、

「氏興、会津の蜜蠟は魚蠟よりも匂いがなく、煤も少なく夜が過ごしやすいが今日、酒井宮内大輔忠勝公が江戸の頭矢野弾左衛門に命じて作らした灯芯で火を灯すと未だについておる。」

と、正之が云うと、

「殿は、これからの会津の銘産になる蜜蠟の技術を酒井様にお話をしたのですか。」

と、酒井宮内大輔忠勝公がいる処で氏興が怒ったように云うと、

「蜜蠟技術の話はしていないが、燈明皿に置く灯芯の改良をお願いした結果このように長く燈明台の火が続くようになった。」

と、正之が諭す様に話すと少し穏やかになって、

「灯芯を如何に改良したのですか。」

と、勘十郎が尋ねると、

「宮内大輔公からは、まだ詳しくは聞いていない。」

と、正之が云うと、

「では、新しい灯芯技術は、判らないのですか。」

と、友松勘十郎が聞くと、

「判らぬ。」

と、答えた。

「殿、この蜜蠟を会津から取り寄せをして、矢野弾左衛門が差配している二本橋袂で灯芯売りの横で売っては如何ですか。」

と、云うと、

「それは、よい考えである。」

と、正之が云うと会津では、蜜蠟製造が隠密裏に始まり、製造に立ち会う者達は隔離された。

　大御所殿からの御墨付を頂き、代々世襲で長吏頭を務め、灯芯役儀の代償に関八州での灯芯の独占販売権を持っていた矢野弾左衛門は、この時代一段と力をつけていて東国の各国の長吏にも冥加金を支払われて絶大な権力を持っていた為に、この新しい灯芯技術も新鳥越の矢野屋敷で作られて、最高の品は灯芯役儀として城に上納して二本橋袂で上物灯芯として独占販売した。

　正保元年正月三日、書院にて各大名を集めて保科肥後守正之は、

「大御所殿・御前様・春日の局様が他界して徳川宗家といたしましては、本年、正保と年号を改め、昨年大目付井上より達しがあったと思うが本年中に城地図・惣国絵

図・村単位の郷帳の提出をお願い致します。また、各国の度量衡を統一したく思いますので長さの統一から始めます。大目付の指示通りに従って頂きたい。農地は太閤殿下の太閤検地以来統一出来ておりません。城地図・惣国絵図も、統一出来ておりません。ここに徳川宗家の指示の下、統一した城地図・惣国絵図の提出をお願いいたします。また、通貨の統一・秤の統一をして郷帳の統一も考えております。将軍のお触書と考えて頂き守れない大名は改易を致します。」

と、強い口調で年賀の挨拶をして各大名達は驚き、自分の屋敷に戻って各々の江戸家老を呼びつけその旨を伝えた。

　江戸も少しずつ経済活動が進み通貨の換金比率を考える為に、大坂城代阿部正次を江戸に呼び、城の保科正之の御用部屋に阿部豊後守と酒井忠勝を呼んで阿部正次を交えて協議をした。

「大坂城再建はほぼ終了してご苦労であった。」

と、保科正之がねぎらうと、

「久しぶりの江戸でございますが。江戸も常盤橋辺りは、大坂の高麗橋辺りと似ております。大坂では、取引に白糸割符を使って割符が合わないと商売が成立致しません。」

と、大坂城代阿部正次が話すと、

「全ての商売に割符を使うのか。」

と、酒井宮内大輔忠勝公が聞くと、

「銅銭は、まだ卑しい鐚銭の意識がありまして、番頭が割符を持ち、手代が銅銭を一千緡にして持って後を歩いて商談が成立すると、お互いの手代が品物と銅銭を交換します。」

と、阿部正次が話すと、

「昔、大坂城において自国で鋳造した鐚銭を伊達政宗殿が上杉の家臣直江兼続に見せた時兼続殿は、自分の扇を広げて扇の上に置くように指示したと当時有名になりました。」

と、酒井様が云うと一同肯き、

「また、坂本の西教寺が天海僧の指示だと云って伏見城の良質な材料を持ち出して御堂を建てました。」

と、阿部正次が云うと、

「何故そのようなことができるのか。」

と、正之が聞くと、

「坂本には、銅銭鋳造の場所がありまして、その鐚銭を利用して人夫に支払ったようです。」

と、阿部豊後守忠秋が答えると、

「では、直ちに銅銭鋳造をやめさせては如何かな。」

と、酒井忠勝が云うと、

「今、坂本の銅銭鋳造を止めさせますと、二荒山神社の改築にも影響が出るかもしれません。」

と、正之が云うと、

「では、時期をみて止めさせてはどうでしょう。」

と、酒井忠勝が云うと一同賛同した。

「本年の正月の参賀において各国の城地図・惣国絵図を統一した長さで提出を命じましたが、次は度量衡の統一もしたいと考えております。大坂では両替商とか云う商売がありまして各々店で交換比率が違うと聞いておりますが。」

と、正之が云うと、

「大坂高麗橋袂に両替商が集まっていて各店ごとで両替比率が違いますが、大体千枚の寛永通宝を繋げて一貫緡銭として、四貫緡銭を丁銀・豆板銀五十個と両替して一貫緡銭から三十枚の寛永通宝を手数料として取っています。」

と、大坂城代が云うと江戸での流通方法と違い江戸は、まだまだ商取引がおくれているし下士や商人が交換が出来るか判らないと思った。まずは、江戸と大坂の交換を決める為に大坂の丁銀五十枚と江戸の一両小判を共通として銅銭も四千緡銭と交換できると定めた。

「如何にして、下士以下の字の読めぬ者達に教えようか。」

と、酒井忠勝が云うと、

「本年よりお国への帰国願いの登城の折り、肥後守様から各大名に再度城絵図・惣国絵図・郷帳の提出を帰国時命じて、同時に通貨の換金比率を祐筆に書かせて将軍の捺印を押したものを渡し、また、参府大名にも国元へ伝馬を出す様に伝えて全国統一を速めては如何ですか。」

と、阿部豊後守忠秋が云うと一同賛同して決まった。

「話は変わりますが、摂津佃の名主より、江戸の漁師が住んでいる島の名を摂津と同じく佃と呼びたいと言われましたが如何いたしたら宜しいでしょうか。」

と、大坂城代が云うと、

「では、私が矢野弾左衛門に伝え、漁師の島を佃島と呼ぶよう許したことを伝えるよう命じよう。」

と、酒井忠勝が云うと許された。忠勝は、神田橋袂の屋敷に戻ると使いを佐竹少将義隆と矢野弾左衛門に出して屋敷に呼んだ。

「弾左衛門、摂津から来て漁師をして住んでいる島を、これからは佃島と呼ぶことに決まったので早く教えてやってくれ。」

と、酒井忠勝が云うと、

「承知いたしました。早速伝えましょう。」

と、弾左衛門が云うと、

「細川越中守忠利殿が石切船四十三艘で豆州から堀石の運び出しを終えましたが、如何いたしましょうか。」

と、佐竹少将義隆が尋ねると、

「藤堂大学助高次殿が惣奉行で、船手奉行向井将監と九鬼水軍の流れをくむ摂津三田の九鬼久隆が協力して矢野倉前で造船していた和洋折衷船で、片面百の艪穴がある瓦崙船が完成したようです。」

と、矢野弾左衛門が云うと、

「動く姿を見たことがあるのか。」

と、酒井忠勝が聞くと、

「ただ、浮かんでいるだけで、人夫達を集めて艪を漕ぐ姿を見たことがありません。」

と、弾左衛門が云う。

「漁民衆には、細川殿の指示を仰ぐように伝えろ。少将、大御所殿が小田原から移転させたこの神田屋敷傍の寿松院を鳥越に移して、火防不動尊として江戸市中の防火の神様として祀る様にいたせ。」

と、酒井忠勝が云うと、

「車善七の話によりますと人夫の仕事がなく、鐚銭が市中に回らず殺しや泥棒が多くなっているそうです。」

と、佐竹少将義隆が云うと、

「大坂と同じ様に商売を盛んにして貨幣の流通を良くする為に鐚銭と一分金と交換出来るように今、保科正之殿が考えておられるようだ。」

と、酒井忠勝が云うと、

「これからは、我々が使っている銭と上士侍が使っている銭がお互いに交換出来て一分金と交換ができるのですか。」

と、矢野弾左衛門が聞いてきたので、

「そうじゃ、上士武士からは銅銭が鐚銭と交換ができたが、鐚銭から銅銭には交換が出来なかったが、近い将来出来る様になる。」

と、忠勝が云うと弾左衛門は驚いた。

　この知らせは車館にも知らされて、子分達が今ある鐚銭を千枚ずつ縄紐に通して緡銭としてまとめる仕事に取りかかった。

　正保元年五月に将軍に第三子長松君が誕生すると、徳川宗家安泰を見届ける様に七月古河国主土井大炊頭利勝公が亡くなり嫡子遠江守利雄は、屋敷に伊奈忠治と車善七を呼んだ。

「亡き父が遺言を両名に残したので伝える。」

と、利雄が云うと、

「何なりとお命じください。」

と、伊奈が云うと、

「大御所殿の命で佐倉国主になり、豊臣家の為の軍事訓練と鹿や馬の放牧の為に檜前の牧を嶺岡の牧へ移し御殿も行徳と小金の二か所に造り、佐倉にも水路を変えた。今、父上が古河国主になったのは阿部豊後守忠秋殿と共に伊達陸奥守政宗対策で御前様からの命で移ってきたからだ。政宗公も他界して忠宗が心配ではあるが、春日の局も天海僧も自害なされて保科肥後守正之公と阿部豊後守忠秋殿が政事の差配をしているので徳川宗家は安泰であると思う。江戸への水路確保の為に古河の地の水路を二方向に分けて頂きたい。と、亡き父上土井利勝が申して居りました。」

「どの様にお考えですか。」

と、伊奈が聞くと家臣が古河関宿の地図を広げて、

「今、工事している忍からの水路と渡良瀬からの水路を、我が古河でまとめ赤堀川へ流し、鬼怒川と共に銚子へ流して江戸の水害を減らして頂きたい。」

と、土井利雄が父利勝の遺言を伝えると二人は、同時に、

「判りました。急ぎ取りかかります。」

と、云って下がり、また葦原の名主庄司甚右衛門も没して、火防不動尊として小田原から鍛冶橋へ移転していた寿松院も鳥越明神袂に移転が完了した。江戸参府の大名衆は国絵図と郷帳と城図を持参して参府挨拶に登城して、前回の国絵図と郷帳よりも正確な書類を大目付に提出して幕藩体制が整い始めた。

この年、お隣の明国が滅び新しく清国が成立して都を北平に移した。

翌正保二年四月、長男竹千代君の烏帽子親として保科肥後守正之公が務め、鳥越米蔵を蔵番・米凛・米の三奉行に分けて管理することになり、火事も多くなったので材木置き場を住田川対岸に移した。

北町朝倉・南町神尾両奉行から矢野弾左衛門は呼び出されて、灯芯の材料になる葭・蘆・茅などを育てていた鳥越矢野倉傍葦原の地を返上して、眞土山奥の住田川沿いの矢野屋敷傍に今まで以上の広大な川沿いの土地を預かりその地を新鳥越と名付けた。江戸の再開発の為に屋敷の中で大工・木挽・畳師・瓦師・紺師・桶師・檜物師・鍛冶屋・塗師・屋根師・仕立師の十一職の職場を置き、細工料が取れる様に教育をして川沿いで瓦の生産も大量にした。

二荒山神社の御堂も完成して、後水尾上皇から大御所殿の諡号東照大権現にちなんで東照宮という宮号が授与された。また、保科肥後守正之公にも従四位上左近衛権少将の冠位が与えられた。しかし、保科正之と阿部豊後守忠秋は、丁銀・豆板銀を上皇に届けなかった。六月には、赤穂城主浅野長直が亡くなり長友が継いだ。十二月になると肥後・八代城主細川三斎忠興が八十三歳の生涯を終えて伊達忠宗と同盟を企てる大名はいなくなった。また手伝い普請で西国大名は、財力がなくなり幕府に正確な惣絵図や郷帳を提出させられ、軍事力強化よりも幕府に判らずに財力強化をする為に模索を始めた。

翌正保三年正月、将軍第四男子徳松君が誕生すると後水尾上皇の使者が京都所司代屋敷に来て、

「この度は、内大臣に第四子誕生おめでとうございます。就いては、東照宮に日光例幣使を送り、お祝を申し上げたいと思いますので幕府に許可をお願いしたいと思います。また、伊勢神宮例幣使も再開したいと思いますので両方の例幣使派遣をお許し頂きたい。」

と、後水尾上皇の使いが云うので、

「至急、江戸に伝馬を出してお伺いを立てますのでしばらくお待ち下さい。」

と、所司代が云うと、暫くすると許しが出て三月に二荒山神社東照宮と伊勢神宮に例幣使が派遣された。そのお礼に保科肥後守正之公は京都所司代板倉重宗に命じて後藤家に丁銀を鍛造させて後水尾上皇へ届けさせて喜ばせた。

各大名は、郷帳の提出で農産物の生産量も幕府に把握されてしまった為に、自国の財力を秘密裏に増やす為に産業振興に力を注ぎ、長州藩では、太閤殿下の時代朝鮮出征の折朝鮮人の窯元衆を連れて来て萩焼という焼き物が成功し始めていた。有田焼・伊万里焼なども出来て現地では厳重な監視体制で商品管理もして、技術が流出しない様に努めて新しい産業を保護・育成をして携わる人々を隔離した。また、赤穂藩では常陸笠間より正保二年六月に浅野内匠頭長直が移封されて、瀬戸内の気候を利用した新しい塩造りを模索し始めた。

正保四年、将軍家光の勘違いで天海僧・春日の局達に冷遇されていた酒井宮内大輔忠勝公が没すと、保科正之の屋敷に井伊掃部頭直孝公・阿部豊後守忠秋・佐竹近衛権左少将義隆が集まり、

「土井大炊頭利勝公が亡くなり、本年は酒井宮内大輔忠勝公も亡くなり大御所殿をよく知っていられる方々が大御所殿・御前様の下へ旅立たれています。これからは、我々が徳川宗家をお守りしてまいらねばなりません。心して政事に取り組んで行かねばなりません。」

と、保科肥後守正之公が言葉を噛みしめる様に云うと、

「将軍様には、表に出てもらわなくても大老・老中・若年寄の私達が政事をご政道に恥じぬよう勤めなくてはいけません。」

と、阿部豊後守忠秋が続けて云うと、

「春日の局・天海僧が存命の時代は何もお役に立てずに申し訳なかった。」

と、井伊掃部頭直孝が云うと、

「私は、徳川宗家の為になんのお役にも立っておりませんが、本年は帰国して伊達領への道を確認して参りたいと思いますので何卒お許しを頂きたいと思います。」

と、佐竹少将義隆が云うと、

「少将殿には、伊達対策と云う徳川宗家最大の任務がございます。」

と、保科正之公が云うと佐竹義隆は、

「小伝馬町名主馬込が云うには、今の馬工郎町には伯楽などの名医はいなく、馬労だけが多く集まっているので博労町か馬労町へ町名を変更したいと申しておりますが。」

と、云うと、

「その様な市中での出来事を知らせてくれる少将殿は、とても大切なことでございます。」

と、阿部忠秋が云うと保科正之も肯いた。

佐竹近衛権左少将義隆は、帰国の途に就き山形を過ぎて新庄の手前義父義宣公が祀ってある鳥越明神へ初めてお参りをして秋田へ向かった。秋田に入るとまず、天徳寺へ参り十世久山住職と会い、

「住職、江戸も開発が進み今やこの久保田よりも大きくなってきた。噂によると将軍は、少しお知恵が薄い為多くの大名のお目通りがかなわず癪も凄いらしい。春日の局と天海僧が他界して古河の土井大炊頭利勝公と庄内の酒井宮内大輔忠勝公が相次いで亡くなり、大御所殿・御前様を存じ上げる方々が少なくなり、お知恵が薄い為酒井讃岐守忠勝殿を酒井宮内大輔忠勝殿と間違えて重用し、松平伊豆守信綱殿・堀田正盛殿が将軍のお傍に仕えていたが、春日の局様・天海僧が相次いで亡くなると保科正之公が将軍の弟君として実権を取り戻しつつある。」

と、義隆が云うと、

「殿、亡き父義宣公の実子了学僧は、如何申しておりますか。」

と、久山住職が聞くと、

「帰国する前に増上寺に立ち寄って話してきたが、竹千代君誕生の折に城から出て天海僧には不忍の円頓院へ、春日の局様には比丘尼屋敷へ移るように保科殿より沙汰があったようだが両人とも病に見舞われて他界したそうだ。今や将軍は、敦賀の酒井讃岐守忠勝殿と松平伊豆守信綱殿しか会わず。政事は、保科正之公が中心になってしているそうだ。伝役も阿部豊後守忠秋公を西の丸伝役に変えて本丸伝役を堀田正盛殿を再度命じたそうだ。義兄了学僧は、保科正之公に次の策を伝えてあるそうだ。」

と、義隆が云うと、

「聡明な了学僧ならば、江戸の大掃除を保科正之公にご進言をなされたかもしれません。殿のお話を聞くと、天海僧も春日の局様も他界なされて、江戸市中も急ごしらえで雑然とした街並みのようにおうかがいが出来ます。伊達政宗公も亡くなり江戸での戦造りから江戸市中の街並みを作り直す必要があると思います。天下の政事の中心に相応しい江戸にしなければなりません。」

と、云うと、

「久保田も街並みを直す必要があるか。」

と、聞くと、

「家老の渋江内膳か梅津主馬に命じては如何と思います。」

と、久山住職が云うと、佐竹義隆は久保田の大改革に取り掛かった。但し義父義宣公が大御所殿の指示で出来た日吉八幡神社前にある八橋一里塚の移動は許さなかった。徳川宗家との絆の証として末代まで残す様に家臣に指示をした。

江戸では保科肥後守正之が阿部豊後守忠秋に、利根川を忍辺りで古河への水路と春日部への水路の二方向に流れを変える大工事を指示して加増を許した。

京では、天海僧と西教寺の寺主の努力によって延暦寺の再建がほぼ出来て、後水尾上皇が一時天台座主も兼務していたが、左大臣園基任家から養子をもらい青連院門跡として尊敬法親王を名乗らして座主に置いた。幕府からの丁銀・豆板銀の提供は天海僧死後ほとんどなくなり後水尾上皇は、尊敬法親王を東叡山と日光輪王寺門跡も兼務させて江戸へ向かわせると、お礼にと老中堀田正盛が寛永寺僧侶胤海僧をお供に連れて寛永寺に残されていた丁銀を持参して内裏へ参内した。後水尾上皇より天海僧に諡号が勅賜されることとなって翌年は、将軍家光の名代として堀田正盛の義父酒井讃岐守忠勝殿が再度胤海僧を携えて京に上がり、最後の寛永寺に残っていた丁銀を持参して慈眼大師の諡号を頂きに向かった。胤海僧は、帰りに支払いは西教寺の銅銭で払う約束をしていた西教寺の寺主から紹介して頂いた大和絵師の住吉具慶と会って、不忍袂円頓院改め寛永寺の絵を依頼して江戸に連れて帰った。

慶安元年将軍家光公が、最後の二荒山神社東照宮社参をすることが決まり、保科正之公から佐竹近衛左少将義隆と酒井摂津守忠当には帯同警備が命じられた。

豊島勘解由左衛門泰利と矢野弾左衛門集連には街道の補修を兼ねた砂撒きが命じられた。弾左衛門は、早速新鳥越の矢野屋敷前の住田川から木挽町塩止までの鳥越砂を取り、矢野屋敷で乾かして大八車に載せて待機させた。また、長吏頭矢野弾左衛門は、二荒山神社までの街道沿いの各地の長吏に命じて川砂を集めて乾かす様に命令した。次に豊島泰利には、塩止前の佃島辺りの海砂を船に積んで木挽海岸から大八車に載せて矢野倉で乾かして待機した。暫くすると阿部豊後守忠秋殿の屋敷に呼ばれて、「将軍様は、明日明け六つに城を出発なされる。お主らは、常盤橋袂で各砂を持って待機せよ。矢野の集めた砂は、家と家との間に鳥越砂の川砂を盛りつけせよ、豊島の集めた海砂は、正確に測って一間半ごとに大きく道の中央に盛りつけをせよ、豊島・矢野両名の一隊は、常に先乗りをして将軍様に間違いがないよういたせ、日々の行程は昼八つまでとして途中に休憩もあるので佐竹義隆殿より指示を仰ぐように。」

と、云われて阿部豊後守忠秋殿の屋敷を出ると、各自の館に帰って急ぎ支度に取りかかった。


翌日の夕方将軍が千住御殿に入ると、酒井忠当の陣屋から家臣が矢野集連の陣屋に呼び出しがあり急ぎ酒井摂津守忠当の陣屋に向かった。


「弾左衛門、将軍が何か面白い嗜好はないかと申しておるが。」

と、尋ねると、

「鳥越屋敷に、猿引きがおりますが。直ちに呼びに行かせましょうか。」

と、弾左衛門が云うと、

「急ぎ、頼む。」

と、忠当が云うと矢野は、使いの者を急ぎ新鳥越の矢野屋敷に向かわせて猿引きを連れて来ました。


千住御殿の庭に通されて御簾越しに将軍は見学して、庭には松明を焚き夜を楽しんだので、矢野弾左衛門に将軍から扇子が下賜された。また、二荒山神社までの道中には、常に猿引きと猿楽が帯同されることとなった。

初代矢野弾左衛門集房が府中で大御所殿とお目見えになって小田原の北条氏は行徳で塩を生産している事を話すと集房は、灯芯の権利保証のみ出来ればよかったが大御所殿は、欲のない集房に矢野の苗字と、轡の家紋を与え嫡男には代々矢野弾左衛門を名乗るように命じてとても贔屓にして、大御所殿の新しい領地関六州長吏頭矢野弾左衛門の地位を与え、矢野弾左衛門も大御所殿の期待に応えた。城には、無報酬で届ける塩魚・塩・灯芯を三品役儀として徳川宗家が必要と決めた量を届けて、残り品は二本橋袂で商いをすることが許された。大工・木挽・畳師・瓦師・紺師・桶師・鍛冶屋・塗師・屋根師・仕立師・檜物師の細工十一職として原材料代は、幕府から支給されるが役儀と同様に指示された数量は、無報酬で働く細工仕事として初めは鳥越の矢野倉でしていたが手狭になって新鳥越の矢野屋敷に移った。また、新鳥越の矢野屋敷では七乞食と云われた空也を祖とする茶筅売りの鉢叩き・猿楽・鐘打・傀儡師・獅子舞・放下・舞々なども配下にして、稽古をして住田の河原で河原者達も育てた。他には、傾城屋・川守・峠守・陰陽師・弦差などは、上方で長吏頭の配下であったので江戸でも江戸の長吏頭矢野弾左衛門の配下に収めさせた。長吏頭矢野弾左衛門の最大のなりわいは、大御所殿から命じられた兜・鎧などに使用する牛・鹿などの管理で、開府以前から鳥越の際にあった小田原北条氏の檜前の牧を移転させて、嶺岡の牧での管理という秘密の仕事であった。大坂の役の時には、嶺岡の牧は和蘭国から買った大砲の訓練地になって大御所殿・御前様は、鷹狩りと称して嶺岡の牧に来るときは必ず行徳の御殿で塩名主を呼んで労をねぎらったが、この時代になると戦もなくなり段々と武具も必要がなくなり徳川宗家が恐れるのは、伊達家のみで他の大名達は惣絵図や郷帳の幕府への提出で財力が知られて財政再建の為に励んでいた。矢野弾左衛門配下の十一職及び猿楽・猿引・河原者の踊りなどの娯楽も東国三十三国へ広がっていって長吏頭矢野のお達しは、東国の長吏へ伝わる時代に入った。

将軍家光の日光社参も無事に済んで帰りの最後の夜、再度千住御殿で猿引を見学するとお傍に仕えた酒井忠当が、

「往復の日光社参に同行してご苦労であった。何か願い事があれば申してみろ。」

と、云うと、

「今、江戸市中には塵が多くなり大八車で小網海岸まで運び、小舟で中州を経由して永代島まで運ぶには遠く御座います。護美の差配をしています車善七によりますと中船があると便利だと申しております。」

と、長吏頭矢野弾左衛門が云うと酒井摂津守忠当は、佐竹近衛権左少将義隆と相談して、

「何艘必要か。」

と、聞くと、

「二艘お願いしたいです。」

と、云うと、

「奉行所を通して貸し与える。」

と、答えた。

「矢野弾左衛門の御蔭で壬生・宇都宮までの道も砂を丁寧に撒いて街道の補正が出来たので何かことが起きた時には、非常に助かる。就いては、矢野弾左衛門に命じて江戸市中の町中海道や悪しき所に川砂を撒いて補正をさせては如何かな。また、海道・江戸市中の道の隅に砂を置いては、如何かな。」

と、酒井忠当が云うと、

「京では、砂が取れないので砂利を通りに道の修理用に置いてあるそうですが、日が強く風が強く吹くと砂利が目に入り目の悪い人が多いそうです。」

と、弾左衛門が云うと、

「江戸では、鳥越砂の川砂を使い、大八車が通った後には必ず補正をするように申し伝えよ。」

と、佐竹義隆が云った。

将軍家光公の嫡子竹千代君は元服の烏帽子親に会津藩主近衛左中将保科肥後守正之

が命じられ、井伊掃部頭直孝が加冠役をつかさどり名を家綱と改めて朝廷より大納言の冠位を頂いて二の丸へお移りになった。二の丸と本丸との伝奉役には阿部豊後守忠秋が正式に務めた。将軍は、井伊掃部頭直孝公の子直滋公の記憶は忘れていたが譜代大名にも始まった参勤交代の江戸入府時の先棒一本は続いていた。

東照宮輪王寺金堂建設総奉行を務めた阿部豊後守忠秋は、大御所殿・御前様の思いをくみ浄土の教えである阿弥陀三尊を金堂に配置して西方極楽浄土の世界、諸行無量を表し女峰山を拝み後世安楽を願う阿弥陀如来を中央に拝し、脇侍には右には男体山を御神体としている勢至菩薩を祀り千の手で多くの人々を救済し、千の眼で人々に教えを導くとして千手観音を拝し、普通は左には観音菩薩を配置するがここでは大御所殿の意向をくみ、阿部忠秋が国家安泰を願い天地異変や外交内乱を除くと云われ武具の守り神を表し、太郎山を御神体としている馬頭観音を祀り戦のない国になったことを宣言した。太閤秀吉公が天正十六年「天下の傾城国家の費也」と戦に負けた武家の女房・娘達は豊臣家臣や公家衆の女御になる時代が終わったことを宣言したが、豊臣家との戦が始まり御前様台徳院が元和偃武を宣言し徳川の時代としたが、保科正之公はまだ伊達政宗殿が野心を持ち続けていたので正式な宣言が出来なかった。御前様と政宗殿の死後初めて戦のない時代が来たことを宣言した。ここに馬頭観音を祀ることとして大御所殿の江戸入府の折に先頭に掲げた鎌倉材木座光明寺真蓮社観誉祐崇上人直筆の『厭離穢土・欣求浄土』の八文字の旗も久能山から一度二荒山神社の床に納めていたが、桐の箱に納め直して三尊の床下に納めた。また、日光からの道筋に当たる駒形堂・西福寺・鳥越神社にも小さい馬頭観音を納めさせて祀り江戸市中の治安の守り神として奉納した。

元服をおえた家綱公を常に将軍の名代として上座に座らして接見を許して保科正之公は、一段下の右横先頭に座って見守った。

慶安四年四月に将軍家光が崩御すると追腹は阿部対馬守重次岩槻九万九千石・堀田加賀守正盛佐倉十一万石・内田信濃守正信鹿沼一万五千石らがしたが、松平伊豆守信綱は、追腹せずにいた為に、

「伊豆守は、春日の局様・天海僧の様に大御所殿と御前様のところへは何時おいきになるのですか。」

と、多くの大名から嫌味を言われるようになった松平信綱は、河越城主として河越に着任させられ、酒井忠勝には城への登城が許されず二荒山神社奥の大獣院廟の惣奉行を命じられて現地での差配をして財力を使わした。

保科近衛権左中将正之は、佐竹近衛権左少将義隆と阿部豊後守忠秋を外桜田の屋敷に呼び、

「まだ、十一歳の家綱公では、朝廷から征夷大将軍の称号を下賜される為には丁銀を

大量に要求されるであろう。」

と、正之が云うと、

「では、板倉周防守重宗に指示をして後藤家に丁銀を鍛造するように命じましょうか。」

と、阿部忠秋が云うと直ちに京都所司代へ伝馬を出した。

「矢野弾左衛門の話によりますと、住田の河原では若い衆が狂言歌舞伎とか云う出し物をしており、内容は先代の将軍が男色で若い衆が男同士で戯れるものだそうです。」

と、佐竹義隆が云うと保科正之は、急ぎ家臣に南町奉行神尾備前守元勝と北町奉行石谷左近将監貞清を急ぎ呼ぶ様に伝えて両奉行が来た。

「神尾と石谷両奉行、今江戸市中で男色を題材にした狂言歌舞伎とか云う出し物が流行っているそうだが、存じているか。」

と、尋ねると、

「存じておりますが。見たことがなく内容は存じません。」

と、神尾が云うと両人とも噂では大獣院公が男色の趣味があったことは知っていたが口に出せずにいた。保科正之殿からの発言で噂が事実で有ったことを初めて知った。

「石谷十蔵は、矢野弾左衛門を知っておるな。」

と、正之が聞くと、

「先日、丸橋忠弥を伝馬牢から品川宿傍に新しく出来た鈴ヶ森刑場まで警護させて槍一振りを褒美に与えました。」

と、石谷が答えると、

「では、矢野弾左衛門に命じて住田の葦原傍の河原者達の追放と狂言歌舞伎と操り歌舞伎での演目で男色題目の禁止を両奉行の命令として伝え、両歌舞伎の者達を矢野弾左衛門預かりとして厳しく管理する様に命じろ。」

と、保科正之が云うとまず両奉行は、北町奉行所に両奉行立ち会いの下、矢野弾左衛門を呼び出して尋ねた。

「歌舞伎のことを聞きたい。」

と、石谷奉行が聞くと、

「私の管理の役儀十一職の一つとして猿楽・猿引・河原者の者達は、屋敷の傍の住田河原で芸を磨いておりますが、倉傍の葦原河原で狂言歌舞伎・操り歌舞伎とか申して若い男衆が男色をしている者達は、私は管理しておりません。」

と、矢野弾左衛門が云うと、

「この度、保科中将殿より狂言歌舞伎・操り歌舞伎の取り締まりを矢野弾左衛門にとの命令が下った。」

と、神尾奉行が云うと登城の時と奉行所への呼び出しの時は、大御所の時代から轡紋の入った紋付で来ていた矢野弾左衛門は、石谷・神尾両奉行立ち会いの下、新しい仕事の指示を受けることとなった。

「以前、保科中将殿にもお話を致しましたが、戦の度に負けた将の妻や娘や家臣達の女子達は、名を捨てて京の河原で生活をしています。そのうちの上物は傾城屋に入り毎日お茶を臼で挽きながら勝利した将や家臣と公家達から側室や女御になる為に声がかかるのを待ちます。男の多くは、切腹を命じられ。幼い男の子は、僧の道へ進みますが下士の多くと傾城屋に入れない女子は河原で日暮の暮らしをしておりました。」

と、弾左衛門が云うと、

「その話は京で、江戸の河原者達とは違うのではないか。」

と、神尾が云うと、

「京の河原者達を大きく分けると二種類に分類できます。一つは、河原者と云われている下士で刀の扱いが上手で奴視と云われていて、牛や馬の皮を剥いで乾かして白皮にして武具・鎧・梢などに加工する仕立師に渡すまでをして、両方の繋ぎを長吏がしていました。この者達は、江戸では私の屋敷にいて役儀として出来た品物を納めています職です。あと一つの、かぶく者達と云われている女は、白拍子て屠児と呼ばれていて、古くから河原で生活してその日暮らしの食い物を貰って踊りなどと呼ばれていました。今では上手な者達は江戸では、私どもが小さな小屋を建てて中どを見せていますで見せています。

昔守護京極政経様の支配地月山富田城の管理者であった尼子経久が、謀反を起こして尼子氏の領地にして四代続きましたが、毛利元就に尼子義久は攻め入られて月山富田城を奪われて尼子本家は、滅びましたが一族の勝久の家臣山中鹿之助の助けを受けて再起を図る為に備中松山城にいました。その後織田信長公の家臣であった豊臣秀吉公の水攻めで攻められて尼子一族は、完全に滅びて名を捨てて家臣であった山中鹿之助一族は大坂に出て酒を製造して鐚銭を使う人夫達に売って財を成したそうです。尼子の家臣の姫で踊りが上手であった娘が、名を阿國と名乗って京の河原で踊りを踊っていたのが河原踊りの始まりで、歌舞伎の始まりと云われていますが真実は判りません。」

と、矢野が話すと、

「その者達が、江戸へどの様に出てきて住田の河原で始めたのか。」

と、石谷奉行が聞くと、

「判りません。唱聞師と云われている者達は、興福寺の境内で瓢箪を叩いて念仏を唱える鉢叩きと云われている者達や、鐘を打って鐘打ちと云われている者達や、人形を廻して踊る傀儡師や獅子の頭をかぶって舞う獅子舞や歌を短冊にさして歌う放下や、猿に芸を教える猿引きや、猿の滑稽なしぐさを面をかぶってする猿楽や鼓に合わせて歌い踊る舞々達などは、皆、興福寺の庇護を受けていましたので歌舞伎の流れは、何が、真実かは判りません。」

と、矢野は答えて続けて、

「御奉行様、江戸市中では、今普請仕事がなく車配下の人夫や我が配下の庭者達に仕事がなく、市中にあぶれていて早く仕事が出来る様にさせたいと思いますが。如何でしょうか。」

と、聞くと、

「では、奉行所から狂言歌舞伎・操り歌舞伎の差配は矢野弾左衛門に命じる。」

と、両奉行が云うと、

「細工物達の散所者達は如何いたしましょうか。」

と、矢野が聞くと、

「歌舞伎者達の取り締まりは矢野弾左衛門の処で面倒見るが、細工者の散所者達は市中で生活をさせたいと申すわけだな。」

と、石谷奉行が聞くと、

「その通りでございます。」

と、集連が云うと、

「では、保科近衛権左中将正之公にお伺い致すので後日又参れ。」

と、神尾奉行が云うと下がらせて両奉行は、保科屋敷へ向かった。

「矢野弾左衛門には、住田川葦原河原の狂言歌舞伎・操り歌舞伎の差配中止と河原者達の吸収を指示しました。矢野弾左衛門集連によりますと細工者達の市中での生活を認めて頂きたいとの申し出がありましたが如何いたしましょうか。」

と、石谷奉行が聞くと、

「以前より、御前様から大御所殿のお話として矢野弾左衛門は、欲がなく信頼できる一族だ。と話していたが真の様であるな、左少将殿の屋敷周りに細工庭者達を住まわしたいが義隆殿如何かな。」

と、保科正之が云うと、

「では、町屋を造り鍛冶職人達が集まる処を鍛冶町とか呼ばせ、紺屋町・木挽町とか名付けて細工者達を集めて生活をさせましょう。」

と、佐竹義隆が云うと、

「両奉行、矢野屋敷の中におる優れた散所者達は、まだ弾左衛門差配下として細工者達を育てて頂きたい。少し細工が出来る者達は、独立をして少将屋敷傍で仕事をすることを許すと致す。矢野弾左衛門へ伝えよ。」

と、保科正之が云うと、

「呼び方は、如何いたしましょうか。」

と、佐竹義隆が云うと、

「少将殿、如何なる意味かな。」

と、中将殿が聞き返すと、

「多くの者達は読み書きが出来ません。下士が集まっている町と細工師達が集まっている町が同じでは下士の士気に影響致します。」

と、佐竹義隆が云うと傍で聞いていた両奉行も肯き、

「では、如何にしたら良いかな。」

と、保科正之が聞くと、

「同じ字の町でも、下士達が住む町は『まち』と呼ばせて細工師達が住む町の呼び方は『ちょう』と呼ばしては如何でしょうか。」

と、佐竹少将義隆が云うと一同頷き両奉行は屋敷を後にした。

「中将殿、なぜ一番優れた者達を先に市中に出さないのですか。」

と、両奉行が去った後に少将義隆が聞くと、

「少将殿、以前中将殿がお話ししていたことの実行が近いと云うことになります。中将殿は、役に立たない人夫達を整理したいと考えております。」

と、阿部忠秋が云うと、

「豊後守殿、以前お話が有った江戸の大掃除のことですか。」

と、佐竹義隆が聞くと、

「少将殿にはまだ詳しく話してはいなかったが、江戸市中を一度焼いて整理をして街並みを造り直したいと考えている。」

と、保科正之が云うと、

「中将殿、その時が来たと云うことですか。」

と、豊後守が聞くと、

「まず、家綱公の征夷大将軍宣下を朝廷より頂き、加藤兄弟に命じてある上水の工事が城まで完了して城に火が移らぬ様にしてからであるが。」

と、正之が云うと、

「焼死体の始末は、如何いたすのですか。」

と、少将が聞くと、

「その件については、増上寺了学僧にお願いしたいと考えているので、少将殿からも兄上にお願いして頂きたい。」

と、中将殿が云うと、

「増上寺に焼死体を運ぶのですか。」

と、少将殿が聞くと、

「増上寺にその様なことをお願いする訳がない、天海僧ならいざ知らず。」

と、嫌味を云った。

この時代の役割分担は、将軍補佐で復権した大老の井伊掃部頭直孝書院番頭、役に立たない名だけの大老酒井忠勝は、将軍家光公崩御と共に日光大獣院建設の惣奉行として二荒山神社へ着任させて、城への登城は少なくなった。家綱公の後見人には、保科中将正之がなり伝役には阿部豊後守忠秋を再度置いて、松平伊豆守信綱は名だけの老中として棚上げした。佐竹近衛権左少将義隆は、無役で有ったが増上寺法主と共に保科正之を裏で支えた。

承応元年、矢野弾左衛門は住田の河原者達を追放して狂言繰歌舞伎の三座を停止させて木挽町の傍に小屋を与えて、その中で踊ることを許可して入り口には京の傾城屋の様に勧進元の印に轡紋を掲げて、矢野弾左衛門の差配で興行されていることを知らしめた。

大老酒井忠勝から暇願いが提出されたので直ちに受理されて、本家筋で寛永十三年に忠世・忠行親子が相次いで亡くなった厩橋藩主酒井忠行の子忠清を老中に任命した。

増上寺法主了学僧が急ぎ佐竹屋敷に来て、

「義隆、増上寺が放火された。」

と、云うと、

「火付け者は、捕まえましたか。」

と、聞くと、

「捕まえたが、何も話さない。」

と、了学僧が云うと、

「直ちに、小坊主に命じて我が屋敷に連れて来て下さい。」

と、義隆が云うと、

「判った。すぐに連れて参る。」

と、云うと暫くすると火付け者を連れてきた。

「この屋敷は、佐竹近衛権左少将義隆の屋敷であるが奉行所での吟味では、ない。」

と、家臣が云って義隆と了学僧は奥の間で聞いていた。続いて家臣が、

「お主の名は、何と申す。」

と、聞くと、

「河越藩旧家臣、別木庄左衛門と申す。」

と、答えると義隆は、家臣に保科邸と矢野屋敷へすぐに呼びに行かせた。

暫くすると、保科邸からは家臣が三名来て、矢野弾左衛門本人が来て奥の間で家臣の詰問を聞いた。

「徳川宗家の菩提寺増上寺に火付けをするとは如何に。」

と、義隆の家臣が聞くと、

「我が藩主で有った松平信綱公は、以前ほど財力がなく多くの家臣に暇を出しております。」

と、云うと、

「松平信綱公の財力のことをここで話しているわけではない。何故、増上寺に火つけをしたのか聞いておるのだ。」

と、家臣が云うと、

「大猷院公存命の時代は信綱公もお役が忙しく家臣達もよく働きましたが、今では河越城に存城して暇にしております。」

と、別木が答えると保科家家臣の一人が保科邸の指示を仰ぐ為に一時戻り、暫くすると佐竹邸に指示が書いてある文を持ちながら戻ってきた。佐竹義隆と了学僧は、直ちに読んで矢野弾左衛門と家臣に伝えた。

「この文は、保科中将正之殿の指示である。増上寺法主了学僧立ち会いの下、開封したところ中将殿の指示は、河越藩旧家臣別木某は、直ちに奉行所へ矢野弾左衛門が一通の文と共に連れて行き、奉行所で死罪を申し渡すと書いてあるので直ちに実行する。矢野宜しく頼む。」

と、佐竹少将義隆が云うと、佐竹藩家臣が別木にも申し渡して小伝馬町送りになって、奉行所へ連れて行かれると直ちに死罪の刑が執行された。

保科正之は、別木庄左衛門の死罪が執行されたのを確認すると、河越藩に伝馬を出して松平信綱に登城命令を出した。

「老中松平信綱公、日光火の番の責任を務めていないとの連絡を受けたが、如何に。」

と、保科正之が、聞くと、

「中将殿、日光火の番は、滞りなく務めております。就いては、河越にある喜多院の管理も我が藩でしたいと考えておりますが。如何でしょうか。」

と、天海僧の隠し金欲しさに云うと、

「北院は、大猷院殿の遺品が多くあり幕府直轄の管理地でございます。老中と云えども認めるわけにはいきません。」

と、強い口調で話すと、

「今の河越藩の財力では、日光火の番のお役をこのままお受けする財がありません。」

と、信綱が答えると、

「北院の管理はしたいが、火の番のお役は返上したいとは、如何に。」

と、正之が強い口調で云うと、

「将軍家光公への思いが強い為の発言で他意は御座いません。」

と、答えると、

「目付を通して北院の調査を行いたいので河越藩主松平信綱公の許可を頂きたい。」

と、正之が云うと、

「河越城主松平信綱は、許可することはできません。大猷院公の数々の遺品があり弟保科中将正之公と云えども許可することはできません。」

と、松平信綱が云うと江戸の一大事となり、喜多院からの城への遺品搬入は不可能になった。

「老中松平信綱公の意見を聞いて、目付の北院調査はいたしません。但し、輪番日光火の番を出さないとなれば、登城禁止と老中職のお暇届けを幕府に提出をお願い致します。」

と、保科正之が云うと松平信綱は、今喜多院を調査されては困るので、暇届けを提出して喜多院に幕府の人々が集まらない様にすることの方が大事なので従った。

保科正之は、代わりに八王子同心に日光火の番のお役を与えて禄を増加させた。

承応二年正月加藤兄弟が新年の挨拶に保科屋敷に来ると、

「上水の水を送る差異が難しく人夫と石切衆と木管造りの為の人夫達が必要です。如何したら宜しいでしょうか。」

と、兄庄右衛門が聞くと、

「今日は、その足で佐竹少将義隆屋敷へ向かい、屋敷の傍に必要な作事方がいるので相談して決めて参れ。次に井伊掃部頭直孝屋敷に参って穴太衆の協力を依頼して参れ。」

と、正之が云うと、

「城まで上水を通すには何時迄にすれば宜しいのですか。」

と、弟清右衛門が聞くと、

「人夫の手配は、車館で差配して貰い、作事人夫の手配は、佐竹少将義隆殿を通して矢野弾左衛門の差配を貰い、石の積み方は、井伊家にお願いをして穴太衆に協力をお願いして貰い、期限は来年いっぱいと致すので頼む。」

と、保科が云うと加藤兄弟は、佐竹屋敷・車館・矢野倉と回って各人夫の手配をお願いして井伊屋敷に行って城石造りの人夫の手配を穴太衆にお願いして、また最後に保科屋敷に戻って、

「人夫達を車館から通わすには時間がもったいないので、麹町と芝口に人夫達の町屋を造りたいと思いますが如何でしょうか。」

と、加藤兄弟が提案すると許可されて、人夫達の日雇い銭、寛永通宝の鋳造所も許可された。

　再度城に松平伊豆守信綱を呼びつけ北院での不穏な動きがあるので、家綱公が住んでいた二の丸御殿修理の惣奉行を命じて、天海僧が河越北院へ運んだすべての遺品を戻させてその中に天海僧が残した金子も江戸城に戻すことが出来た。

保科正之屋敷に佐竹義隆と阿部忠秋と樽屋籐左衛門を呼んで、

「江戸と上方では枡の大きさが違うので、まず秤を統一したい。何か良き考えはないか。」

と、正之が云うと、

「京枡の焼印は、太閤秀吉公以来福井作左衛門が西国三十三国を管理しております。そこの番頭に榊善四郎とか云う者が居ります。我が家には番頭として守隋彦太郎という者がおります。この両名を秤座の責任者として任命をしたら如何と思いますが。」

と、樽屋籐左衛門が云うと、

「すまぬが樽屋、京まで行き所司代立ち会いの下、同じで正確な秤を十台作り五台ずつ江戸と京で預かり京の五台の内、京と大坂の所司代に一台ずつ預かって三台目は、神善四郎が預かり毎年京都所司代に秤を持ち込み不正がないか調べてほしい。不正があった場合は、打ち首と致す。四台目も神家が預かり秤作りの基本器として新しく出来た秤には神家の焼き印を必ず押して、西国三十三国の統一した秤を生産すると致す。五台目も神家の予備として与える。樽屋が持ち帰った五台の秤も一台目は、奉行所で預かり、二台目も奉行所で予備として預かり、三台目は、樽家が預かり。四台目・五台目は守隋家が保管して一台は秤を作る為の原器として厳しく管理させて焼き印も押して、東国三十三国で統一して使える様に致す。別に一台ずつは京・江戸の後藤家預かりとして豆板銀や丁銀の秤として使わす。西国三十三国は、神家の焼き印が、東国三十三国は、守隋家の焼き印がある秤が統一されて全ての国々で同じ秤が使われることになる。」

と、中将正之が云うと、

「では、秤の統一が出来た暁には枡も統一なさるのですか。」

と、樽屋が聞くと、

「これからは、下士・農民・職人・庶民達は同じ銅銭を使って、東国は金と交換出来て、西国は銀と交換出来るようにする為には秤・枡の統一が必要である。」

と、保科正之が話すと一同賛同して樽屋は、番頭の守隋彦太郎を連れて急ぎ京へ旅立った。

京に着くと江戸より華やかでまだまだ江戸は都の体を成していないと、樽屋籐左衛門は思いながら所司代屋敷に入っていった。

「板倉重宗殿、保科近衛権左中将正之公から伝馬が着いて報告があったと思いますが、明日にでもこの屋敷で枡焼き印頭福井作左衛門殿とこの度秤座頭になられる神善四郎を集めて頂き協議をしたいと思いますが宜しいでしょうか。」

と、樽屋が云うと、

「では、連絡をいたそう。」

と、板倉重宗京都所司代が云うと家臣に連絡をさせた。翌日所司代屋敷に集まり、

「京では、渡来銭の永楽銭と京銭があり寛永通宝の背無銭と背七星銭がありますが。」

と、福井作左衛門が云うと、

「では、まず永楽銭の緡千枚を基準といたして、二百五十枚を京銭・寛永通宝の緡千枚と同じとする。丁銀も同じ重さを同じと致す。その丁銀を小さく十二個と半にする。」

と、樽屋が江戸で決めてきたことを話すと福井の番頭神が算盤を持ちだして、

「銀豆玉四十八個とその半分二個が永楽銭千緡と同じとして京銭四千緡と寛永通宝背七星有り無しに関わらず四千緡と同じと致したい。」

と、云うと、

「寛永通宝の背ありと背なしを同じと考えるのですか。」

と、福井が聞くと、

「銅銭千枚を紐に通して一貫文として四貫文を永楽銭との交換で一貫文と同じ扱いとして、豆銀五十個と交換できる様にする。豆銀一個の重さを一匁と致す。江戸との交換は金小判一両と同じ扱いと致す。」

と、樽屋が云うと秤の製作に入り、まず一台の秤の製作をして豆銀玉一個を作り、百個の同じ重さの豆銀玉を鍛造して次にまた秤を一台製作して、百個の豆銀玉を五十個ずつに分けて守隋と神の配下の者達が二台できた秤を使って、また同じ重さの二百個

の豆銀玉を鍛造してあと八台の秤を製作した。樽屋籐左衛門と藤井作左衛門の枡屋立ち会いの下京都所司代屋敷で板倉周防守重宗が見届け役をして、十一台の秤と豆銀玉五百五十個の確認を済ますと所司代屋敷に後藤家当主長乗が遅れて来て所司代が、

「何故、丁銀は銅銭の様に鋳造が出来ないのか。」

と、所司代が聞くと、

「金・銀は、型に入れて鋳造することが出来ません。金・銀は鍛造と申して藁の上で冷やしながら叩くか、丸めます。」

と、後藤が云うと所司代は納得した。

　後藤長乗に板倉重宗が、一台の秤と五十個の豆銀玉を渡しながら、

「長乗、後藤家に今渡した秤は、江戸も京も大坂もすべて同じ秤になる。五十個の豆銀玉も同じである。これからはすべての町で同じ重さで取引される。十一台の秤の内一台を後藤家に渡す。定期的に検査するので大事に扱うように、また豆銀玉一個を一匁と呼び五十匁と寛永通宝の背あり・なし共々に四千枚と同じと扱う、一年に一度所司代屋敷で後藤家・神善四郎家に預けた秤と五十個の豆銀玉を持ち寄り秤合わせを行う。各家で秤を製作するが原器と狂いがないように製作をして頂き、狂いが生じた秤が市中に出た場合は、お家とり潰しになるのでよろしく心して行うように。ここにある十一台の秤には樽屋と福井の両家の焼き印がある。この十一台が原器である。」

と、所司代が云うと、

「秤一台と五十個の豆銀玉は如何いたしますか。」

と、長乗が聞くと、

「その一台は、後藤家預かりとなる。後藤家の原器となり必要となった時は後藤家の焼き印を押して秤を作り原器は、大事にいたせ。」

と、板倉周防守が云った。

樽屋籐左衛門は、五台の秤と豆銀玉二百五十匁を持って江戸に戻り、奉行所で江戸の後藤家分と奉行所の分として秤二台と豆銀玉百匁を置いた。

矢野弾左衛門も立ち会いの為に江戸を留守にしていると、住田の河原の小屋に入れない者達が小屋前の河原で踊る練習をしていると、それが評判になって練習をしている子供見たさに集まるようになった。その若者達を野郎歌舞伎と呼ぶようになって巷で人気を集め始めた。

後水尾上皇は、先代将軍家光公の知恵の薄さと現将軍が幼少将軍家綱公であることに自信を持って揺さぶりをかけることにした。まず、京都所司代を仙洞御所に呼びつけて、

「板倉周防守重宗、将軍が京へ将軍宣下の礼の為に上洛して頂くには、内裏の傷みが酷すぎるので修理費を出して頂きたいと幕府に伝えてほしい。」

と、上皇が云うと、

「その旨を、江戸へ伝えます。」

と、云うと下がり江戸へ急ぎ伝馬を走らせた。

江戸の城では、黒書院傍の中御用部屋には保科正之補佐役・井伊掃部頭直孝・阿部豊後守忠秋伝役・佐竹少将義隆・増上寺法主了学僧が集まって、上皇からの要望書の解読をして対策を考えた。

「今、幼少将軍を上洛させたら生命の保証が出来ません。」

と、井伊直孝公が云うと、

「噂によりますと、上皇の良宮と伊達忠宗の六男綱宗公とは、姻戚関係があると云われております。」

と、了学僧が話すと、

「その話は、以前より聞いておる。」

と、阿部忠秋が答えた。

「では、五万石以上の西国大名に、仙洞御所への修理代として一万石に付き小玉銀千匁を御所の表門に京都所司代の受付を置いて立ち会わせて、秤座頭神善四郎が預かっている秤を配置して重さを正確に測って勘定方家臣へ渡す様にご指示を出したら宜しいかと思います。秤座が持ち込んだ秤の重要性を認識させるのにも役に立ちます。」

と、井伊直孝が云うと、

「西国大名の資金力を落とさせ、幕府への不満でなく朝廷へ不満を持たせる考えは、面白い。」

と、保科正之が話すと急ぎ保科正之と井伊直孝の両名は、将軍へのお目通りを願い、

「西国大名の資金力を落とさせて、朝廷への不満を持たせて、朝廷の権威を弱める為にも五万石以上の西国大名一万石に付き小玉銀千匁の提出を命じて、仙洞院御所へ届ける様にしたいと思います。また京都所司代の配下に作事奉行を置き禁裏の修理を監視させたらよいと思いますが、如何でしょうか。江戸では、江戸城天守台を松平信綱に命じて江州坂本の西教寺傍穴太衆を呼びつけて、石積みをさせて基礎を作らして天守閣建設の惣奉行を命じたいと思いますがお許しを頂きたいと思います。」

と、井伊掃部頭直孝は天海僧・春日の局が健在時には何時も政事に参加できずにいたが、両名が自害をしたことによって大老に復職したことを示したく将軍家綱公に話をした。

この旨は、直ちに京都所司代に連絡されて上皇に伝えられた。また穴太衆にも連絡が入り江戸城の天守閣石積みの命令が下された。

承応三年正月、江戸城新年の祝賀が全て終了すると、睦月十三日に大猷院時代には保科正之公と酒井讃岐守忠勝殿に三河産の鶴が下賜されていたが、今は保科近衛権左

中将正之公だけになり、翌十四日には井伊掃部頭直孝と酒井忠世殿の孫にあたる忠清公に鶴が下賜されて同じく十四日には父家光将軍時代から雁を下賜されていたのは、松平伊豆守信綱と阿部豊後守忠秋公の両人であったが忠秋殿のみとなった。

京では、禁裏大改修が幕府作事奉行の下、完了すると九月に急に紹仁天皇が崩御して江戸保科正之御用部屋に井伊・阿部・佐竹・了学僧が集まり、

「京都所司代板倉周防守重宗より、紹仁天皇が崩御された旨の連絡が入り花町宮を次期天皇にとの連絡が入った。」

と、正之が口を切って話すと、

「今、京へ家綱公を将軍宣下の為に向かわせるのは危険でございます。噂ではありますが、後水尾上皇が紹仁天皇を女御に命じて毒殺をして、伊達陸奥守忠宗の六男綱宗の母と姉妹である皇子良仁宮様を天皇にと考えていたそうです。良仁宮の天皇即位の儀を承認するかわりに将軍宣下の為の上洛は中止なされてはと考えます。」

と、井伊掃部頭直孝が云うと一同賛同した。

急ぎ、伝役阿部忠秋に命じて将軍に御目通りを願って承認を得て、京都所司代に伝馬を走らせて将軍の京行きを中止させる旨の連絡を上皇に伝えて了解を取った。

一段落すると、加藤兄弟が外桜田の保科屋敷を訪れて、

「中将殿、上水が麹町まで繋がりましたが城には何時頃繋ぎましょうか。」

と、兄庄右衛門が尋ねると、

「暫くしたら城の内部を案内するが、二の丸へ繋げて頂きたい。」

と、保科正之が話すと、

「麹町と芝口に仮住まいしていた人夫達をそのまま住まわしたいのですが宜しいでしょうか。」

と、弟清右衛門が云うと、

「麹町と芝口に町屋を作ることを許す。」

と、正之が話をしている所に阿部忠秋が屋敷に来て、目通りを願っているのを聞いて許すと、

「中将殿、自国の川手奉行からの連絡によりますと古河までの水の道が出来て銚子まで繋がりました。これで水は整いました。何時が良いかご決断をお願い致します。」

と、嬉しそうに阿部豊後守忠秋が云うと、

「後は、京の上皇が何をお考えか探らなくてはなりません。」

と、正之が云うと加藤兄弟に向かって、

「加藤兄弟の城への上水工事が終了した暁には労に報いて名を玉川兄弟と改めよ。」

と、保科正之が話すと加藤兄弟改め玉川兄弟を下がらせて阿部豊後守忠秋と二人で上皇の気持ちになって考えた。

京都所司代からの伝馬が来て、御所の修理が終わったので将軍上洛を上皇が待ち望んでいるとの連絡が入った。

「豊後守、将軍上洛は正式にお断りしようと考えているが如何かな。」

と、正之が云うと、

「今、上洛をしても丁銀がまたかかります。また、噂によりますと上方では、紀州中心に薬の開発が進んでいるようです。」

と、豊後守が云うと、

「何故、薬の開発が進んでいるのか。」

と、正之が聞くと、

「大御所殿の時代は、嫡子相続のみ認めた為に御三家をはじめに譜代や外様大名達は、多くの側室を持って男子誕生を祝いました。その為に側室同士の仲は悪くなり、下で働いている中間同士も仲が悪くなっております。」

と、阿部忠秋が云うと、

「何故、紀州なのか。」

と、正之が聞くと、

「紀州様は、大御所殿と万の方様との間の殿達で、弟君の頼房公は紀州頼宣公が大坂での戦の度に功労があったので、性格がきつい頼房公は、大御所殿に自分も戦に出られるようお願いをしていたそうです。戦がなくなり伊達政宗公のみが気にかかる様になると、今度は頼房公が、水戸公が伊達秀宗公対策などに忙しく、紀州公頼宣公の方が暇になりました。京に近いこともありまして子供が多くなると紀州公は、二代目当主に光貞公がなり、水戸公は、頼房公の長男の高松藩主頼重公ではなく次男の光国公改め光圀公が藩主になっておられます。この話は了学僧から聞いております。」

と、阿部忠秋が云うと、

「光圀公が将軍家光公と初めての拝謁の折、光圀公の国の字では四方が囲まれて国が滅ぶかもしれない不吉の字の為に国の字を圀の字に改めさせて徳川宗家の為に八方からの意見を聞いて将軍に伝えて国が栄える様にしてほしいと将軍が云ったと。」

と、保科正之が話すと、

「では、再度上洛中止の文を祐筆に書かせて将軍の捺印を押して京都所司代から上皇へ届けて頂こう。」

と、祐筆を呼び墨と硯を用意させて文を書かせて京へ伝馬を出した。

文が上皇に届き暫くすると京都所司代牧野親成から親書が届いたので、佐竹少将・阿部豊後守・井伊掃部頭を屋敷に呼んで保科正之が話した。

「牧野からの上皇親書によるとさる九月二十四日、紹仁宮天皇が急に崩御なされて良仁宮天皇を即位させたいので幕府の承認をとの連絡が来た。」

と、中将が云うと、

「上皇が、幕府の弱腰を見抜き我が子紹仁宮を毒殺して、伊達家と姻戚関係がある良仁宮を即位させようと考えているとお考えですか。」

と、井伊直孝が聞くと、

「紹仁宮のことは、どちらでもよいが、もしも将軍が上洛して紹仁宮と共に食事をとって毒殺されたらと考えると、幕府の危機になっていたかもしれません。京都所司代板垣重宗を更迭して側衆から牧野親成を大坂から送り込んでいて良かった。話は変わるが伊達忠宗が江戸へ進軍して来た時の忍から古河に大きな川が出来て橋がないと江戸に入れぬ様に豊後守の御蔭で水路変更が間に合ってよかったと思う。」

と、保科正之が云うと、江戸の大掃除は、もう暫く後にすることになった。佐竹屋敷の傍にあった矢野倉から独立した桶屋町の桶細工衆達がまず、奉行所からの指示で糸割符制度から誰でも買うことが出来る相対取引で銅銭十枚で桶一個が買えるようになり、少しずつ商売が始まり伊達軍と江戸で戦があるとの噂が広がって、町屋でも井戸を掘るようになって防災の機運が盛り上がった。銅銭流通も広がって江戸での銅銭鋳造は、矢野弾左衛門屋敷傍と増上寺傍の芝口で大量に生産が始まった。

　案の定伊達忠宗は、次期藩主に良仁宮天皇と姻戚関係がある六男綱宗を早々に指名して、大御所殿時代から続いている長子嫡子の制度を崩して幕府に揺さぶりをかけ始めた。

保科正之と阿部忠秋は、各国にお触れを出して江戸市中では、各国の下士達の刀の帯刀を禁止して、佐竹義隆・矢野弾左衛門・車善七を呼びつけて、

「車善七、人夫の手配を二つに分けたい。」

と、保科正之が云うと、

「如何に、致しましょうか。」

と、車善七が聞くと、

「今までは、全て車館で口入屋の仕事は、行っていたが、郷力人夫達の口入屋の仕事は、今まで通り車館で差配して貰う。佐竹屋敷の周りに住んでいる細工衆十一職の奉公人達を集めて住み込みをさせる様にして、町人として採用をする者達も車善七の差配と致すが、矢野倉扱いに新しくする者達は、参勤交代で江戸市中に入府する時や帰国の時に品川・千住・内藤新宿で奴を臨時に雇うが、その差配を矢野弾左衛門にお願いして下士の各国での採用は認めず、また屋敷に住まわすことも禁じる。」

と、強い口調で云うと、

「何故ですか。」

と、矢野が聞くと、

「仔細は、知らなくてよい。言われた通りにすればよい。」

と、保科が云うと、

「では、その奴達の住まいは如何したら宜しいでしょうか。」

と、聞くと、

「矢野屋敷と千束田圃の間に二万四千坪の広大な土地を用意するので、周りを土塁で囲み中に奴達の住まいと致せ。矢野弾左衛門が差配する口入屋のことはこれからは割り元と云うことと致す。」

と、保科正之が云うと、

「十一職の確認ですが大工職・木挽職・畳職・紺染職・桶職・檜物職・鍛冶職・塗職・屋根職・瓦職・仕立職の十一細工師の者達の差配をすれば宜しいのですね。」

と、矢野弾左衛門が聞くと、

「その通りである。但し屋根職の一部瓦職は矢野屋敷傍住田の河原で仕事をする。また、銅銭で商いをするとともに灯芯・燈明皿の商いは矢野家の専売と致すので車善七、よく理解をするように頼む。」

と、保科正之が云うと続いて、

「人夫達の銅銭は、千緡銭四本で一両小判と同じとして上方の五十匁銀玉とも同じと致す。矢野弾左衛門は車善七扱いの人夫達と細工衆の日雇い代を佐竹屋敷に届けろ。矢野弾左衛門扱いの奴達の日雇い代は、矢野家管理と致す。国ごとに奴の人数を違わぬ様に日々住まわして人夫代は、一日二十四銅銭とし、細工職人は、三十二銅銭と致すのできちんとした配給をするように。」

と、阿部忠秋が云うと桜田上杉綱勝屋敷から使いの者が来て、

「伊達陸奥守が、病で薬師を探しております。」

と、報告が入り、

「矢野弾左衛門、先ほどの話千束田圃に土塁を築くことは、急ぎ仕事として明年十月までに完成させろ。」

と、保科正之が云うと矢野弾左衛門と車善七が下がって、

「少将殿・豊後守いよいよ江戸の大掃除に取り掛かる時期が来たようだ。」

と、保科正之が云うと、

「いつ、致すのですか。」

と、佐竹少将義隆が云うと、

「明年十月以降で冬の乾燥した時期を考えている。」

と、保科正之が答えると一同は、一度各屋敷に持ち帰り考えをまとめて明暦二年五月を迎えた。

　保科屋敷には、井伊直孝・阿部忠秋・佐竹義隆・上杉綱勝・神尾元勝南町奉行・石谷貞清北町奉行が呼ばれ、控えの間には長吏頭矢野弾左衛門・日備座頭車善七と樽屋

篠左衛門・奈良屋市右衛門・喜多村の町年寄三名と、村田平右衛門鳥越名主を始めとする草分け名主五名と、昨年結成された浅野内匠頭長直をはじめとする大名火消し十家の大名が集められた。

「明年正月の祝賀会が全て終了した暁には、人夫小屋を中心に火をつけて江戸の再整備を致します。」

と、保科近衛権左中将正之が高々と宣言すると、控えの間までよく聞こえて大きなざわめきが起きた。

「今、人夫達への普請仕事が少なくなって浮浪者が多くなり、江戸市中の治安が乱れ始めております。」

と、阿部豊後守忠秋が云うと、矢野と車は自分達の配下の者達が犠牲になる事を初めて知った。

「矢野弾左衛門と車善七配下の者達は三千二百八十五名のみとして、火事の後始末を命じる。」

と、佐竹近衛権左少将義隆性が云うと、矢野と車は顔を見合わせて配下の者達の調整を考えることにした。

「何名ほどの焼死者が出るか判らぬが、後のことは増上寺法主了学僧にお願いをして処理する場所を考えて頂いています。」

と、井伊書院番頭掃部頭直孝が云うと、大名火消しを代表して浅野長直赤穂藩主が、

「大名屋敷には、累が及ばない様に致すのには如何致すのでしょうか。」

と、聞くと、

「決行日は、数日前に連絡を致す。又各大名屋敷には大改築はなさらぬ様にお願いを致す。紅葉山警護と鳥越米蔵警護と常盤橋屋敷警護については、屋敷の屋根の上に天水桶を買って配備して頂き防火に努めて頂きたい。」

と、保科が云うと、

「鎮火後は如何致すのですか。」

と、神尾奉行が聞くと、

「速やかに、新しい江戸府内地図を造り、士庶別居住区分として常盤橋から真っすぐ本通りを整備いたして最後の御門、浅草橋御門を築き、鳥越橋まで道を整備して蔵前米蔵まで行ける様に致して、鳥越橋から七曲がりを通り村田名主屋敷前を通る道を改めたいが、浅草橋門は川幅が狭く出来ているので広く改めたい。二本橋から通町通りを通って佐竹屋敷までの道筋は大名屋敷を移動させて細工方庶民の地域と致す。」

と、阿部忠秋が云うと、

「忍岡の円頓院は、どの様にお考えですか。」

と、石谷奉行が聞くと、

「何もせず、捨ておけ。」

と、一言云って、

「もしも、朝廷と同盟をして乱を起こして江戸へ進軍する国あれば、直ちに報告をする様にお願いをする。」

と、忠秋は、続けた。

「陸奥守は、病に伏しておりますが、中将殿が薬研堀に住んでいる薬師を紹介して落ち着いておりますので戦の心配は御座いません。」

と、上杉播磨守綱勝が云うと一同からどよめきが起きて、譜代大名達は将軍家が伊達忠宗に謀反の疑いありと考えていることを初めて知り、幕府がお家とり潰しも視野に考えていることを知った。

大江戸への城構え

銅銭が江戸市中でもきちんと流通し始めて糸割符制度が必要なくなり、相対商売が出来る様に商売がなり、江戸も京も両後藤家は、金と銀との鍛造生産に力を注ぎ両替商が出来て大坂では、大坂城築城で人夫達に濁り酒を出して鐚銭を集めていた山中某と云う者達の集団が、鴻池という屋号で両替商と云う商いをいち早く始めて、豆銀玉五十匁を銅銭四千貫枚に交換して手数料として銅銭五十枚取る正式な商売が成立した。

江戸から離れて利根川改修工事の人夫をしていた日傭座の者達はめどが立ったので多くの者達が江戸に戻り、もしも伊達忠宗の軍が陸奥ら進軍してきても春日壁や加須辺りで大川になった川を渡ることが出来ずに、多くの人夫を雇って川を渡らなくてはならず江戸への進軍が難しくなった。また、江戸近郊での鷹狩りが全面禁止になり伊達家は、政宗公が亡くなった折に浜御殿と云われて居た鷹狩りの御殿を幕府に返上した。幕府は、上杉家に改修を命じて将軍家光公が東金御殿まで行けない為に品川浜御殿として利用していたが、家光公も崩御なされて半分を家綱公の弟君綱重公の浜御殿として与える様に準備し、伊達家の時代の御殿とは大きく改築された。また江戸周辺もどの様に変わったか調べることが出来なかった。

矢野弾左衛門が佐竹義隆屋敷を訪れて、

「殿、新鳥越屋敷で銅銭鋳造が大量に出来る様になりました。」

と、云うと、佐竹義隆は保科邸を訪ねた。

「本日、矢野弾左衛門が屋敷に来て、矢野屋敷で予定していた銅銭の準備が完了したとの報告を受けました。」

と、義隆が報告すると、

「少将殿、浅草田圃の土塁は如何ですか。」

と、聞いてきたので、

「予定通り十月末までには、住田の川の水を引き込んで土塁で四方囲まれた土地が出来る予定です。」

と、佐竹義隆が云うと、

「少将殿、矢野に命じて材木の準備も怠らぬ様に伝えてください。」

と、保科正之が云うと、

「どのような材木ですか。」

と、尋ねると、

「これからは屋根は、茅葺でなく、材木で屋根を作り延焼を少しでも食い止めたく考えております。」

と、正之が云うと佐竹義隆は下がり弾左衛門に早く伝えるために矢野を屋敷に呼んだ。

「弾左衛門、中将殿は江戸の屋敷を茅葺から板葺きに替えるそうだ。その為の木材を準備することを怠らない様にとのことであった。」

と、云うと、

「準備した木材を何処に置きましょうか。」

と、聞くと、

「矢野の新鳥越屋敷では、如何かな。」

と、云うと、

「新鳥越屋敷では、銅銭鋳造で忙しく火も扱っていて無理でございます。」

と、答えると、

「では、矢ノ倉では如何かな。」

と、云うと、

「飛び火で延焼は、しませんか。」

と、弾左衛門がいうと、

「お主達が火をつけるのだから延焼しない様に致せ。」

と、命じると、
矢野弾左衛門は、矢野倉の責任者に命じて矢ノ倉の整頓と対岸にある材木を川の中に沈める様に命じて、何かの折には直ぐに取り出せるように命じて年の瀬が過ぎた。

明暦三年正月行事が全て終了した一月十八日昼九つ半にいよいよ決行されて、各地の人夫館から火が上がり、乾燥していたので江戸市中には火の回りが早く麹町の人夫館は、予定通り全焼して、小石川鷹番匠館も全焼したが予想外に火の廻りが早く林羅山宅も焼けてしまった。ほぼ予定していた人夫館は焼けて神尾・石谷両奉行は、増上寺法主了学僧に焼死体の処置のお伺いをすると、矢野倉対岸の本所牛島窪地へ運ぶように許可を取り、老中に死体運搬船の貸与を願い出た。

増上寺から車館と矢野倉の両家に使いの者が出て両家にいる三千二百八十五名の内、車館配下の郷力人夫達が江戸市中から、彦根藩井伊家の家臣が京の御所車を改良して人夫の八倍の力で運ぶとされている大八車で焼死体を一万体集めて、まずは車館に運んだ。また、大八車で矢野倉に運び矢野配下の者達が舟で対岸に運んで、対岸からまた、矢野家配下の者達が大八車で傍の窪地へ運んで埋葬した。焼死体を九千七百三十七体まで運んだところ腐食も酷く、牛島窪地に埋める予定にしていたが、車館に残った焼死体は牛島に運ばず車館で埋めることにした。

城の被害は、天守閣及び二の丸惣奉行の松平伊豆守信綱の仕事が遅く、穴太衆がたずさわった天守閣の基礎石垣しか出来ておらず、二の丸被害も少しあったのみに終わった。

保科正之は、急ぎ大広間に譜代大名及び外様大名を集めて、

「この度の火事は、江戸開府以来の大惨事である。将軍家綱公は大変に憂いております。亡き大獣院様から家綱公の補佐を仰せつかり、この最大の危機を皆様のお力をお借りして江戸の街並みを再建したいと存じ上げます。就いては、各屋敷の被害状況を速やかに報告をお願いいたします。また、両奉行には、町屋の被害状況も報告をお願いいたします。各屋敷の周辺図の提出も早急にお願いいたします。」

と、正之が云うと、

「城の被害は、どの程度でございますか。」

と、前田加賀守綱紀公が聞くと、

「二の丸と天守閣が焼けました。」

と、阿部忠秋が云うと、

「では、前田家が天守閣の再建を致したく願い書を幕府に提出致します。」

と、綱紀公が亡き父光高公や、祖父で利家公の四男利常公の姉にあたる細川忠興の正室で離縁させられた千代らの恨みから細川忠興・忠利親子に冷遇されていた時代の復

讐として、天守閣再建を願い出て、徳川宗家に忠誠を誓いたいと惣奉行を願い出た。

しかし阿部豊後守忠秋は、天守閣再建計画は石垣のみで、松平伊豆守信綱に惣奉行をお願いしているが仕事が進んでいないことを世に知らせることは、得策と思えず、

「天守閣の再建は、必要なしと考えております。また、各大名屋敷においては質素で簡単な仮建築でお願いいたします。太閤殿下が天正十六年に戦に負けた大名及び家臣の婦人と娘を公家の女御として京の傾城屋をおいて『天下の傾城国家の費也』と宣言して閉鎖しましたが、元和元年大坂の役で再び大御所殿は負けた大名の子女達の為に側室紹介所として傾城屋を再度開きましたが、本年本日を持ちまして御前様が願っていた戦のない偃武の国々を形成したいと思います。また、江戸市中を士庶別居住区分をきちんとして上士・下士と居職・出職の居住区をきちんと決めたいと考えておりますので、各屋敷地図の提出を早めにお願いいたします。江戸での各国の屋敷替えも考えておりますので屋敷の再建は仮建築でお願いいたします。正式の大名屋敷に決まった折には、藁葺屋根は、禁止させて頂きます。板葺屋根か瓦屋根にお願いします。家臣達の住まいは、板葺屋根にてお願いいたします。町屋の再建も藁葺屋根は、禁止させて頂きます。」

と、阿部忠秋が云うとある大名から、

「瓦や板などは自藩から持ち込むのですか、時間がかかると思いますが。」

と、聞くと、

「佐竹少将義隆屋敷傍には屋根職人達が住んでおりますので、早めに修理願をお出しください。」

と、阿部忠秋が云うと、

「屋根職人に払う銅銭がありませんが、如何したら宜しいでしょうか。」

と、聞くと、

「新鳥越の矢野屋敷入口で豆銀玉五十匁で銅銭四貫文と交換できます。一貫文は緡一本で千銅銭あります。裏にも七曜の印がある銅銭を渡しております。今は、裏の印がない鐚銭も同様に通用しますが、これからは、だんだんなくなっていきます。金小小判も後藤家刻印が有る無しにかかわらずに同じく緡四本と交換いたします。但し永楽銭だけは千枚と交換になります。」

と、阿部忠秋が答えると
「大名家は、鐚銭など持ち合わせたことなどありませんが、如何したら宜しいですか。」

と、聞くと、

「京・大坂では、両替商とか云う商いがあるそうです。また、江戸にはこの両替商がない為に矢野屋敷で交換する訳でございます。矢野家では、商いでない為に京・大坂ではある手数料を取りません。また、先ほど鐚銭と云われた御仁がおりましたがこれからは銅銭と云って頂きます。銅銭を持ちたくない大名は、家臣に持たして速やかに両替をして江戸の再建にご協力をお願いいたします。」

と、阿部豊後守忠秋が云うと各大名は、各々屋敷に帰って家臣に小小判や豆銀玉の数を数えて新鳥越の矢野屋敷に両替をさせに向かわせた。矢野屋敷の蔵には膨大な金・銀が集まり管理するのが大変になった。

保科正之の御用部屋に井伊掃部頭直孝公と阿部豊後守忠秋公と佐竹少将義隆公が集まり、矢野と車の進捗状況を聞いて次の対策を考えた。

「矢野・車配下でない人夫達の多くは、この度の火事で焼死しました。生きた者達の多くは食事や住まいに困っているとの報告を矢野弾左衛門から聞いております。また、両替の為に持ち込んだ金・銀の管理が大変だと報告を受けております。」

と、佐竹義隆が云うと、

「では、鳥越蔵奉行から施粥の為の米を供給させて車館辺りで御救小屋を建てさせて施粥を支給いたせ。」

と、正之が云うと佐竹義隆は、家臣に矢野倉へ使いを出して施粥の為の小屋を急ぎ作る様に命じて施粥の準備に入った。また、集められた金・銀は奉行所から金吹町の後藤家が手代を出して取りに行き小小判は、後藤家の刻印を押した小判に鍛造し直した。丁銀豆は、一匁銀玉に作り直して刻印を押した。

東海道の確立の為に後藤家の豆銀と坂本の銅座に命じた銅銭が各地の宿に助馬を使って配布されて江戸と京・大坂の助馬制度が確立し始めた。本町通りにあった両本願寺も別々に東本願寺は西福寺門前に移り、西本願寺は、木挽町の範島に四方を土塁で囲まれた場所に移った。誓願寺は、車館前から新寺町へ移った。また、千束田圃奥に矢野配下の奴人夫達の為に用意した土地は変更されて、傾城屋の役割を終えた葦原の傾城屋を移し、葦町と云う職人町に変更された。

万治元年七月頃には江戸市中至る所で大工の音や左官の音が聞こえて士庶区分がされた江戸市中復興が始まり、表裏のある銅銭できちんと支払われる様になった。江戸へ仕事を求めて来る人夫達が多くなり、牛島新田にも多くの人が住むようになって住田の川にも橋を架けて市中へ働きやすくする必要になって佐竹義隆は、保科正之に橋の架橋をお願いした。

「中将殿のお考え通り江戸も武家と庶民が居住する処が区分されて城の傍には職人が住み、人夫達の多くは市中に住めなくなり牛島新田の方に住む様になっております。小舟で仕事を求めて来て夜また小舟に乗って帰りますが、雨の日などは仕事が出来ません。矢野倉辺りから橋を架けたらと思いますが如何でしょうか。」

と、佐竹義隆が云うと、

「確かに、橋が必要と思うが伊達陸奥守忠宗の動向が心配である。」

と、保科正之が云うと上杉綱勝が至急の様向きと申して目通りを願い出てきたので、許した。

「昨七月十二日桜田屋敷のおいて伊達陸奥守忠宗が逝去されました。一両日中に六男綱宗公の相読願いが幕府に提出されると思います。」

と、云うと保科正之は、佐竹義隆に、

「少将殿からの隅田川に橋を架橋する提案の件許すと致す。矢野弾左衛門に番屋の責任者もさせて、下総牛島から武蔵博労町へ来る人夫達の人数を朝と夕必ず把握して暮れ六つには橋を閉めて頂きたい。」

と、保科正之が云うと佐竹義隆は下がり、屋敷に戻ったら矢野弾左衛門を呼びつけた。

「弾左衛門、中将殿より橋の架橋の件は、許された。何時から工事にかかる。」

と、義隆が聞くと、

「直ぐにも工事にかかれます。」

と、弾左衛門が云うと続けて、

「雨が多くなる前に、竹蔵の竹を使って基礎を創りたいと思いますが。」

と、矢野が云うと、

「牛島の方には、塩の道の安全の為に千本杭が打たれているが支障はないか。」

と、佐竹義隆が聞くと、

「住田の藤堂和泉守様屋敷にある大船の傍に橋を架橋するのですか。」

と、矢野弾左衛門が聞くので、

「あの大船は動かないそうだから心配ない。」

と、佐竹義隆が答えると、

「竹を使い橋の基礎の道を作り少しずつ堰を止めて、同じように大木で竹で出来た基礎の廻りを作り足していきます。以前、土井利勝殿の指導の下で赤堀川で橋づくりの経験をしております。」

と、矢野弾左衛門が答えると、

「弾左衛門配下の者が番屋の責任者を務めて、朝牛島から働きに来る男が暮れ六つまでに牛島に帰るように人数の確認をきちんとする様に中将殿からの強い命令である。」

と、少将が云うと、矢野弾左衛門は責任の大きさを感じて橋の架橋に取り掛かった。

　翌日、保科正之は城の御用部屋で職務をしていると伊達綱宗が将軍目通りを願い出て書院に通された。

「昨日、桜田屋敷において藩侯陸奥守忠宗が逝去され、藩侯より以前から申し出があった通り、嫡子として挨拶に参りました。」

と、綱宗が云うと、

「綱宗公は、おいくつになった。」

と、将軍が聞くと、

「十九歳になります。」

と、答えると、

「以前より、亡き父君忠宗公に入間川から江戸川に流れている川の道を大曲でお礼普請として墨田の川に流れを変えて頂きたいとお願いをしていましたが如何いたしましたか。」

と、保科正之が云うと、

「何時迄に完成させれば宜しいのですか。」

と、綱宗が聞くと、

「来年いっぱいに仕上げて頂きたい。」

と、正之が云うと、

「承知致しました。父忠宗の葬儀の件を朝廷に報告いたしたく京に上がりたいと思いますが、お許しを頂きたいと思います。」

と、綱宗が云うと、

「あい判った。」

と、将軍家綱が答えた。

伊達忠宗公の葬儀は無事に終了して、綱宗は直ちに京都へ向かって後水尾上皇へ目通りを願い、

「よく京へおいでになった。亡き尊父忠宗公は、今日の日を祖父政宗公と共にお喜びのことと思います。そこに控えて居るのは、花町御所におられる良仁天皇で貴方とは、従兄弟にあたる。尊父忠宗公や祖父政宗公の思いを今こそ成し遂げようではありませんか。」

と、後水尾上皇から云われて、若い綱宗は悲願である伊達幕府成立の思いから、保科正之から云われた入間川の浚渫掘割工事を手伝い普請で行うことを忘れてしまい、江戸にいる家臣に連絡をせずに陸奥府中へ帰って行った。

江戸の大名屋敷替えは五十二家にも及び、各屋敷には必ず天水桶と砂を置く様に幕府から指示された。助馬制度も確立されて、下総の国と武蔵の国を繋ぐ両国橋が完成して矢野倉前に番屋が置かれて矢野家配下の者達が順番に見張りを務めた。村越長門守吉勝が北町奉行に就任すると、矢野弾左衛門を連れて忍藩手前の鴻巣までの道を整備の為に砂を撒いて整えた。

井伊家では、江戸藩邸で井伊直孝が遺言証書を直澄に与え、直澄に大声を出して読み上げする様に指示して家臣達は聞いた。

「直澄は、生涯正室を設けず。側室の子は嫡子として幕府に届けず。兄直時の正室の

嫡子全翁を養子として迎えること。将軍家お世継ぎの件で呼ばれた時は、必ず江戸在住をすること。参勤交代の時は、一本槍で袋で隠さず、黄色鞣しの箱は、家紋を付けず、無印で一箱で入府・帰国をすること。」

と、直澄は父直孝・兄直時と家臣がいる前で父の遺言書を読み上げて暫くすると父直孝は、他界した。

万治三年正月保科外桜田屋敷に井伊直澄・佐竹義隆・阿部忠秋が集まり、

「伊達陸奥守綱宗は、幕命に従わず隅田川に注ぐ浚渫工事普請手伝いが出来ておりません。参府命令を出して蟄居閉塞を命じたいと考えておるが如何かな。」

と、強い口調で正之が云うと、

「噂によると、伊達綱宗と良仁天皇とは従兄弟関係にあたり、西国大名のまとめ役を伊予宇和島伊達遠江守宗利公にお願いをしたが宗利公は、父秀宗公の遺言により陸奥守には加勢しないと宇和島藩の掟になっていて、後水尾上皇も困っておられるそうです。」

と、井伊直澄が云うと、

「佐倉城主堀田上野介正信公は、尊父正盛公よりの遺言で伊達陸奥守謀反の恐れある時には陸奥府中へ戦の先陣をきって仕掛ける様にと云われていて、利根川の浚渫工事に農民を大量に動員しているそうです。」

と、佐竹少将義隆が云うと、

「堀田正信公にも困ったものだ。伊達陸奥守綱宗には急ぎ江戸参府命令を出すことに致す。」

と、正之が云うと、

「参府命令に従わない時は、如何致す所存かな。」

と、阿部忠秋が聞くと、

「その時は、総大将を堀田正信公にお願いをして陸奥府中への戦の為に参ることになる。」

と、正之が云うと直ちに将軍家綱公の命で伊達綱宗に参府命令が出た。

保科正之は、佐竹義隆を通して矢野弾左衛門に本町通りの幅を広げる様に命じた。

伊達綱宗は、家臣を集めて参府命令に従うべきか議論したが、朝廷だけの加勢では戦にならず、伊予宇和島伊達宗利も中立なので今回は、参府命令に従うことにした。

七月十八日江戸に着くと直ちに城に上がり将軍の目通りを願い出て、許されて黒書院で待っていると将軍家綱と補佐役の保科正之が入って来て、

「参府挨拶大義である。」

と、将軍が云うと、

「伊達陸奥守綱宗、直ちに江戸市中外品川宿樟原に屋敷を造り蟄居を命じる。」

と、保科正之が語気を強めて云うと綱宗は、桜田屋敷に戻り、後水尾上皇に文を出したが返答はなく、八月二十五日側室の二歳の長子嫡子と亀千代を連れて城に上がって黒書院で待つと、

「伊達陸奥守綱宗の申し出の通り長子亀千代の家督相続を認める。後見人には伊達兵部大輔宗勝と田村右京宗良の両名に命じる。陸奥の守領地より各々三万石の分地を与えることを許す。ここに控える津田平左衛門と柘植平右衛門の両名を陸奥府中に下向させるので協力をして速やかに領内統治について調べさせて条目の提出すること、江戸と陸奥府中の惣家臣の屋敷数と広さを毎年報告のこと。綱宗公に代わって急ぎ入間川の流れを大曲から隅田川へ注ぐ様に掘割普請を手伝い普請として行う様に、今後は判らぬことがある時は佐竹少将義隆に相談すべし。」

と、保科正之が云うと亀千代君及び家臣は急ぎ桜田屋敷に戻り、父綱宗公を閉塞地品川樟原に屋敷を造って移した。幕府に桜田屋敷も返上することとなって将軍家綱公の弟君綱重公に与えられた浜御殿側の屋敷が与えられ、改築されて樟原屋敷が完成するまでの間は、麻布屋敷に移って頂いた。政宗公以来の伊達幕府を夢見て行動してきて財政を豊かにしてきた家臣にとっては、幕府の命令で江戸の手伝い普請をして財力を使うこととなって不満に思い、幼少藩主では統率が取れずに陸奥府中へ帰国も許されなかった。

また、幕臣強硬派堀田正信も生ぬるいと幕政を批判していたが、保科正之は佐倉藩主堀田正信を改易にして信濃飯田へ配流にした為に、伊達家臣は恐れて手伝い普請の為に佐竹義隆屋敷に指示を仰ぎに行って、矢野弾左衛門配下の者達と車善七配下の者達を沢山紹介してもらい伊達家の財力を使い始めた。

寛文元年正月十七日伊達亀千代は将軍目通りが許されず、保科屋敷に新年の挨拶を母政岡と家臣を連れて伺い、

「佐竹少将義隆殿の指示を仰ぎ、無事に住田の川へ入間川の流れを注ぐことが出来ました。」

と、藩主伊達亀千代君に代わり家臣が挨拶をして、政岡が続いて、

「保科様の井戸より水を毎朝汲みに参りたいと思いますが、御許し頂けますでしょうか。」

と、政岡が云うと、

「麻布の屋敷には井戸がないのか。」

と、保科正之が尋ねると、

「屋敷の井戸は、信用できません。」

と、気丈に政岡が答えると、

「あい判った。」

と、正之は答えながら伊達家臣の中にまだ伊達政宗以来の夢を見ている家臣達がいる事に気づき、まだ注意が必要であることだと悟った。

　保科正之の下に一回目の領内統治条目が家臣津田平左衛門から届き、

「人夫達を沢山雇い予想以上に早く掘割普請が出来てご苦労であった。」

と、正之が云うと伊達家家臣達は安堵したが続いて、

「目付柘植平右衛門の報告によると財力は、まだまだある様に思われる。就いては、江戸開府以来行徳からの塩の道として大御所殿権現様が最初に普請した小名木川の三回目の浚渫工事普請をお願いしたいが宜しいかな。」

と、正之が云うと逆らうことが出来ずに、

「屋敷に戻りましたら勘定方と相談して人夫達の手配をお願いに車善七と矢野弾左衛門の館へお伺いいたします。」

と、家臣が云うと、

「宜しく頼む。」

と、一言云って正之は下がった。

　翌日城に上がると越藩主松平越前守光通が将軍御目通りを願い黒書院で待っていた。

「内大臣様には、ご機嫌麗しく思います。」

と、光通が云うと、

「何か用向きがあるのか。」

と、将軍が聞くと、

「我が国でも銅銭鋳造のお許しを頂きたく参りました。」

と、光通が云うと、

「銅銭は、庶民達の貨幣で越前守様が心配なさる貨幣ではございません。」

と、正之が云うと、

「それは、如何かな。中将殿、越前も経済が盛んになり塩を他国から買ったりしております。今や、庶民達の生活も物々交換の時代は終わりました。もし銅銭鋳造のお許しが頂けなければ、塩藩札や銀札の発行を認めて頂きたく参りました。」

と、下少将光通が云うと保科正之は、塩藩札の意味が判らず、

「塩藩札とは、如何なる札かな。」

と、聞くと、

「越国内のみ通用する藩札で、塩を藩の勘定方へ届けると藩札に替えて頂き、藩札を店に持っていけば塩や身近な物が買えます。人夫達の労賃も塩藩札で支払いが出来ます。京や大坂や江戸へ行く武士達は塩藩札を各屋敷の勘定方へ持ち込めば現地で塩に替えて頂く事が出来ます。他国へ行っても両替が出来ずに取引は出来ません。取引をしたい場合は、勘定方へ塩藩札を提出して丁銀に換金してから他国と取引が成立しま

す。」

と、光通が云うと、

「銅銭よりも便利な通貨であるな。他国へ人夫達の流失の妨げになって良い考えである。」

と、保科正之が云うと許可された。

江戸市中も銅銭が流通して士庶区分した街造りが進んだが、銅銭欲しさに上士が家を貸したりする者達が多くなったので屋敷を貸していることが判った場合は、切腹とのお触書が各屋敷に出て家臣達に徹底させた。保科正之は将軍家綱公に進言して、

「内大臣様、この度浅草橋御門も完成いたし入間川からの流れも隅田川へ流れ、城総構えも完成しました。」

と、正之が云うと、

「大御所殿以来の江戸城総構が完成したわけか。」

と、将軍が云うと、

「はい、そうでございます。」

と、保科正之が答えると
「一度、大御所殿にこのように改造された江戸市中を見て頂きたいものだが、また、京にも早く行きたいものだが何時になるかな。」

と、将軍が云うと、

「徳川宗家の安泰の為には、今しばらくお待ちください。」

と、中将正之が云うと、

「あい、判った。」

と、寂しく答えた。

「内大臣様、弟君にも分地を致したく考えますが。」

と、保科が云うと、

「以前弟綱重には、浜御殿を与えたが、江戸の何処に与える土地があるのか。」

と、将軍が云うと、

「江戸の地ではなく、綱重公には甲府府中を与え、綱吉公には、舘林を与え各々二十五万石の城持ち大名になされては如何ですか。」

と、正之が云うと、

「中将、何故わしの傍から弟達を離すのか。」

と、将軍が聞くと、

「内大臣様には、まだお世継ぎがおりません。これからは、お世継ぎのことも考えて頂き徳川宗家の安泰を一番に宜しく御願い致します。同じ城にいて弟君の家臣達が何を考えているか判りません。また兄弟三人が同じ食事をすることも心配で御座います。」

と、正之が云うと将軍家綱は、肯き二人の弟君を呼んで城持ち大名になる様に話をして赴任する様命じた。

寛文二年になると三月に松平伊豆守信綱が逝去されて、七月には酒井讃岐守忠勝も逝去されて三代将軍家光の為政者が全ていなくなり、伊達家の手伝い普請で掘割りが出来て江戸最後の橋と門が出来、常盤橋から本町通りの拡幅をして博労町で行き止まりにして隅田川の方には矢野倉があり、矢野配下の番人が両国橋袂に見張小屋をおいて下総牛島辺りの人夫達の出入りを監視していた。馬喰町の逆方向には車館があり、その先には寛永五年に御家人豊島本家明重が老中井上正就を西の丸で刃傷を起こして、本家はお家断絶。分家豊島泰利一族は、矢野弾左衛門預かりとなったが寛永十七年に鳥越名主村田の仲介で阿部忠秋配下杉浦内蔵介の組にいれられて、豊島泰盈が独立を許されて本年正式に豊島家の家督を相続して館を構えた。そしてこの度、江戸城惣構えの普請として浅草橋枡形門と橋が出来て、二本橋・鳥越橋と同等の意味を持つ幕府最重要橋として擬宝珠が橋の欄干に付けられて出来た。矢野屋敷・総泉寺までを町奉行所扱いとして、その先の今戸川岸は地方支配とした。

大坂摂津高麗橋袂に丁銀玉と銅銭の交換所が出来て、毎日朝立札が出て交換比率が毎日変わった。また、父後水尾上皇の指示の下花町宮御所に住んでいた良仁天皇を退位させて、後西天皇を即位させて伊達家と姻戚関係がない事の旨を京都所司代に報告をして届けられた。江戸にいた保科正之は、その報告を受けて許可をした。大坂では、いち早く貨幣経済が進み庶民の娯楽の一つとして、寺や神社の境内で見せていた竹田近江掾が見世物小屋を建てて竹田浄瑠璃人形座を開場した。

保科中将正之は、城の御用部屋に井伊直澄と阿部忠秋と佐竹義隆を呼んで、

「大御所安国院殿が江戸に幕府を開府なされて御前台徳院様が基礎を創り、伊達家の憂いもなくなり、下士・農民・職人・商人達には、共通に利用できる銅銭が普及されると急速に貨幣経済が進み越藩主松平少将光通公の国では、塩藩札とか云う自国だけに通用する通貨を作り人夫達の流失を防いでおります。江戸市中では護美が大量に出る様になり車善七は、奉行所に塵を運搬する舟の貸与をお願いされたのでこの舟の貸与を許可することにした。」

と、正之が云うと、

「大坂や紀州辺りでは、側室が正室の子供を毒殺したりして嫡子にしようと企てるとの噂があります。」

と、井伊直澄が云うと、

「我が屋敷にも伊達家幼少総次郎君の生母政岡が、毎日女御を連れて井戸の水を汲みに来ております。我が家臣が聞いたところ伊達屋敷の井戸では、心配で綱村公に飲ま

す事が出来ないと申していたそうです。」

と、正之が云うと、

「将軍の命令で武家諸法度を改正して各大名にお触れを出しては如何ですか。」

と、佐竹義隆が云うと、

「それは、良い考えである。」

と、正之が云うと祐筆を呼んで、

「伊達政宗公が忠宗公の側室に公家と縁がある娘を高額な金子で譲り受けました。その公家の娘と上皇の女御が姉妹で、一時上皇の子供と忠宗公の子供が姻戚関係があって徳川宗家の危機がもたらされました。二度とこのようなことのないようにする為に公家との縁談には公家の家系図提出を求め、間違いがないか確認をして違いがある時は破談にするか、大名の改易として京都所司代の責任を重くしては如何かと思います。」

と、阿部忠秋が云うと、

「殉死の禁止も加え、殉死の考えも三通りあって一つは、亡き藩主に仕えた家臣がお供をすると云う考え方。一つは、自分の家系を出世させる為に自分が犠牲になる考え。最後の一つは、亡き藩主に不満を持って殉死する者の三通りがあり、最近では最後の考え方で殉死する者が多いように見受けられます。不満を持って殉死することは許されません。」

と、佐竹少将義隆が亡き義父義宣から教えられたことを話すと、祐筆は一言ずつ書き留めた。

「切支丹の禁止も必ず必要です。」

と、井伊直澄が云うと、

「これからは、申し送りでも構わんが、わしの遺言として書き足して頂きたい。婦人は、決して政事に参加してはならぬと加えて頂きたい。」

と、保科中将正之が云うと各々が頷き春日局のことを思い出した。

翌年の正月参賀の時、全ての大名が内大臣家綱公に忠誠を誓い、また朝廷に対しても従うことを約束させて良仁天皇が退位して花町宮の織仁宮が即位して後西天皇を名乗ることを幕府に伝えてきたので認めて此処に徳川幕府完全支配が出来て宣言した。

四月十三日に初めて将軍家綱の日光社参が盛大に執り行われて、二十四日に江戸に戻ると寛文武家法度を出して大名の規律を高めた。

江戸・京都・大坂の民間三都定飛脚が開設されて、再度金と銀の交換比率が議論されて金一両小判が銀小玉五十五匁に変更された。京都所司代から女院の衣装代を制限する様に達しが出たが、後水尾上皇には、幕府に逆らうほどの力もなく京都公家衆より大坂商人達の時代になり貨幣経済が一段と進んだ。

将軍家綱は、阿部豊後守忠秋をお供として市中や隅田川に係留されている安宅丸を見学する為に隅田川西詰めの浅草橋御門から、

「豊後守、あそこに見える小高い丘のお社が鳥越明神か。」

と、聞くと、

「はい、そうで御座います。大御所殿入府以来江戸の地を守っております。」

と、答えると、

「確か、傍に大御所殿・御前殿を祀った松平神社があると思うが。」

と、内大臣が云うと、

「あと、下山殿も祀って居ります。」

と、答えると、

「良き時代になったので、各大名にも松平神社を祀るようにお触れ書きを出すか。」

と、将軍が云うと、

「良い考えと思います。各国にも大御所殿安国院様をご神体とした松平神社を祀る様にしたら如何と考えますが。」

と、阿部忠秋が云うと、

「吾妻鑑によれば、この辺りに鎌倉の頃の郷司と呼ばれた石屋の棟梁が住んでいて鎌倉の石の差配をしたと語り部が云っていたが。」

と、大祖父大御所殿が祖父御前様に吾妻鏡を読むように私どもに伝えられていたので、

「内大臣様の様に語り部から吾妻鏡のことを聞いていませんから知りません。」

と、豊後守が云うと、鳥越神社の宮司と西福寺の住職を家臣に呼びに行かすと直ぐに住職と宮司が来て、

「西福寺の住職、この辺りに郷司とか云われた者の館はあったのか。」

と、豊後守が聞くと、

「その昔、この辺りに郷司と呼ばれた石切の棟梁の館があり、住田の川を利用して石を運びこの地で石細工をしていたそうです。」

と、住職が答えると、

「吾妻鑑とか云う書によるとこの地で鎌倉の寺院の石材を選別していたとの記載があるそうだが。」

と、聞くと、

「吾妻鑑は、鎌倉源家の日記でございまして、私どもは、河原者達の語り部から聞いて覚えたのでよくは存じ上げません。郷司とか云う者が以前、現在の松平神社前に住んでいたとの話は聞いたことがありますが、鎌倉の頃寺院の石材を担当をして鎌倉へ運び多くの寺院の建築に関わったそうです。」

と、住職が云うと駕籠の中から阿部忠秋が呼ばれて何やら話すと、阿部が住職に聞いた。

「郷司が、今の松平神社前にいたのは判った。」

と、また将軍の代読をして、話すと、

「はい、小さな石がありまして郷司と読める字もあったそうです。」

と、住職が答えると、

「今もその石はあるのか。」

と、聞くと、

「松平神社建築のおりになくなったそうです。多くの人夫達は、河原での語り部の話などは聞いたことがなく、石に字らしき字があったようだと話しているだけです。」

と、住職が答えると、

「では、今はないのか。」

と、再度聞くと、

「ありません。」

と、住職が答えた。続いて、

「鳥越明神に聞くが。大御所殿が入府した頃はどの位の丘であったのか。」

と、聞くと、

「どの位の高さがあったかは判りませんが。鳥越明神が高い丘にあって、北条氏の船が行徳で塩を積み、駒形の駅で燈明台の油と共に葦・蒲・茅を乾かして千束の束にした灯芯を塩と引き換えに船に積んでいたそうです。その為に船が行徳の方から来た時、鳥越明神の丘から狼煙を上げて千束の者・眞土山の者達に連絡をしたそうですので高さはあったように思われます。この丘の土を使って今の御蔵前の船着き場を造ったそうです。」

と、宮司が答えると、

「宮司の祖先は、大御所殿とお会いしたことがあるのか。」

と、阿部が聞くと、

「安国院殿が江戸入府して数日後に村田鳥越名主と初代矢野弾左衛門殿がお供をして駕籠で丘を登り、初めての江戸市中の地を見廻したそうです。海の方を指して矢野弾左衛門殿に小名木川を造る様に指示をして塩の道が出来たそうです。」

と、宮司が答えると、

「この鳥越の丘から御蔵前と小名木川を造る様に指示をなされたのか。」

と、阿部が聞くと、

「はい、その様な指示があったと聞いております。また、今の矢野倉もこの丘から造る様に指示をなされたと聞いております。」

と、答えると、また、将軍は駕籠の中から豊後守に聞くように指示をして、

「この丘から待乳山の方は如何であったのか。」

と、聞くと、

「眞土山の方は、不忍の池からの川がありまして雨などが降ると一面は湿地帯になり、円頓院の土を使って初代矢野弾左衛門殿が整備をしたと聞いております。また、駿河台の土を使って、今の二本橋対岸の武家地の為に徳川様の家臣団が埋め立てたそうです。」

と、宮司が答えると、

「鳥越七曲がりは如何にして出来たのか。」

と、聞くと、

「京から江戸に来る為には、大御所殿がこの地に入府した当時は、鎌倉から府中を通り板橋から千住を通って入府する道しかなく町通りを通って城に入りましたが、北からの道は、総泉寺辺りまで行かないと住田の川を渡れず鳥越辺りの対岸は、京島・向島・越中島と云う小島がある浅瀬になっていました。総泉寺辺りでは対岸の子供達と石を投げあって遊んでいたそうです。総泉寺から檜前牧を通って鳥越明神の丘の傍を通って鳥越橋を渡って真直ぐな道にすると用心が悪いので、態と七曲がりにして北からの侵入を防いだと聞いて居ります。」

と、宮司が答えました。

　住職と宮司と別れて次に安宅丸を見学に行き中に入ると、

「この船は、動くのか。」

と、将軍家綱が聞くと、

「伊達政宗公が海洋に出たと云われている船と同じ造りでありますが、この地から出たことはありません。」

と、阿部が答えると将軍は頷き、

「この船は、いつ頃出来たのか。」

と、聞くと、

「確か、陸奥守に対しての備えとして紀州の九鬼家と藤堂家に造らしたのが寛永十年頃出来たと思いますが。」

と、答えると、

「あそこに見える松一本は、何を表しているのか。」

と、聞くと、

「先ほど宮司が話していましたが、大御所殿が江戸の地を関八州の都にするにあたり府中で矢野弾左衛門からこの地の傍行徳で塩が出来ることを聞いた大御所殿は、小名木川を作らし澪標を打ち安全に塩を運ぶ為に矢野倉前に大御所殿が好きな松一本植えて塩蔵に着いたことを船頭に知らせる為にあるそうです。」

と、忠秋が答えました。

「安国院様のことはよく知らないが、祖父の御前様がよく安国院様が語り部を呼んで吾妻鑑を聞け、徳川宗家の為に尽くせ、と言っていました。」

と、将軍が云うと、

「その通りでございます。」

と、保科中将正之が涙を流しながら徳川宗家の安泰を願った。

寛文四年、上杉綱勝が義兄の吉良邸でお茶を飲んでいたら急に腹痛を起こし、嫡子がいなかった為に保科中将正之邸に相談へ行った。

「この度、吉良邸でお茶を飲んだ帰りに急な腹痛に襲われ他界致しました。如何致しましょうか。」

と、上杉の家臣が尋ねると、

「如何にしたいと考える。」

と、保科中将正之が聞くと、

「願わくば、保科家と上杉家とは、姻戚関係がございますので中将殿の男子を養子に頂ければ有難いのですが。」

と、家臣が云うと、

「わしと継室お万との姫綏姫は、上杉綱勝公の正室であったが鶴姫を生んだ後産後のひだちが悪く男子を産めずに他界して申し訳なかったが、当家の男子を養子に出すことは出来ない。」

と、保科中将正之が云うと、

「如何したら宜しいでしょうか。」

と、家臣が聞くと、

「綱勝公の妹君富子姫の嫁ぎ先、吉良上野介公との男子を養子に迎えたら如何かな。」

と、正之が云うと、

「上杉家臣団は、吉良家からの養子は反対であります。」

と、きっぱりと千坂家老が云うと、

「名門上杉家は、世継ぎが絶えてお家がなくなりますが。」

と、云われて千坂は家臣団を説得して吉良上野介の男子を養子として迎えることにして名を綱憲と改めて幕府に届を出して許可が下りたが、三十万石から十五万石に減封されたが上杉家は断絶せずに残った。

将軍家綱公は、寺社法度を出して各藩の地に大御所殿安国院をお祀りした松平神社の建設をする様に指示を出して、西福寺傍の松平神社を総社として江戸の松平神社は、徳川宗家のみお参りが出来て、各藩の松平神社は、藩の大名家のみがお祀りすることを許された。また、水戸の光圀公は領内の寺社を調べ、必要のない寺社は、破棄をさせた。また、大坂では、火事が多い為に寛文小袖と云われる一般人に綿着物が流行って綿問屋仲間が両替商仲間や油商仲間と同じくらい力をつけて、大和・河内・和泉にまで店を出す様になり、紀州では、財を成した薬商人が江戸に出て薬研堀辺りに集まって商売を始めて仲間をつくったが奉行所は、仲間を集めて独占することを禁止して座の設立を命じて常に奉行所への報告の義務を付けた。幕府では、酒井雅楽頭忠清が大老に就任して少しずつ保科・阿部体制から変わり始めた。それとともに、矢野・車体制の日傭座も変わり始めて明暦の大火の時に大活躍した車館は、新葭原の地に移されて、残った地には博労頭の橋本の館に代わった。関八州の人々の生活もよくなり京から東金の地で金剛流の能を興行しようと矢野弾左衛門に知らせずに小屋を建てたが、この地を差配していた矢野配下の者達によって小屋のとり潰しがあり、また関八州では旅芸人と云えども矢野の許可なく芸を見せることは、許されなかった。しかし、矢野屋敷では、左衛門を名乗る七名が屋敷を出て奉行所へ行って独立を唱えた。

暫くすると、阿部豊後守忠秋が老中を退任すると嫡男がいなかった為に親戚の正能に譲った。明暦の大火後、江戸市中に多くの孤児が居た為館を建設して住まわせた。保科中将正之に自分が死んだあと大御所殿・御前様が眠っている西福寺を阿部家の菩提寺に出来る様にお願いをした。

暫くすると、井伊掃部頭直澄も大老に就任して二十年に一度の再架橋が義務付けられた浅草橋を直し擬宝珠も新しく付け直した。大老井伊直澄は、京にも町奉行所を新設した。度量衡の仕事として残っていた桝も京桝に統一して各地に巡見使を派遣して強権になった幕藩体制を示して家綱体制を確立した。

陸奥府中では、阿部豊後守忠秋が老中職を辞任すると本家家老原田甲斐宗輔と政宗の末男子一関藩主宗勝と支藩登米城主宗倫が青葉城に集まり、伊達政宗の本懐である伊達幕府の相談を始めた。

「父政宗公は、兄忠宗公に上皇の女御と姉妹にあたる姫を多くの丁銀を渡して側室として頂き、上皇と伊達家に男子が生まれれば姻戚関係が出来て伊達家の勢力拡大を計りました。伊達家には男子が誕生して綱宗を藩主にして企ては進みましたが、保科正之と阿部忠秋の策によって伊達幕府の計画は中止することになりました。阿部忠秋は、この度幕府の要職を去ったが、後水尾上皇は、健在で御座います。江戸には、綱宗公も品川屋敷におります。今、この時期を逃したら政宗公の本懐を達成することは、できません。」

と、宗勝が云うと、

「如何にして計画を進めれば宜しいか。」

と、原田甲斐が聞くと、

「宗重の支藩湧谷城の方が豊かで不満が御座います。」

と、宗倫が云うとどの様に計画を立てれば良いか相談を始めた。

「まずは、この三名の他には一切相談をしないで頂きたい、家族といえども話してはなりません。」

と、宗勝が云うと、

「江戸の綱宗公と京の後水尾上皇には、何時お伝えしますか。」

と、甲斐宗輔が聞くと、

「今は、誰が味方で誰が敵か判りません。暫くは、様子をみることに致しましょう。」

と、宗勝が云うと三人は部屋を出た。

　その頃、江戸の伊達邸では亀千代君の元服の話が進み、

「亀千代君の元服は、何時行いましょうか。」

と、家老が聞くと、

「名を如何に致す。」

と、政岡が聞くと、

「伊達本家は、政宗公以来宗の一字を必ず入れて御座います。」

と、家老が聞くと、

「これからは、江戸藩邸で安心して水が飲めるようにして頂きたい。」

と、政岡が本心で云うと、

「では、政岡殿は、如何にしたいとお考えですか。お知恵をお貸しください。」

と、家臣が尋ねると、

「私は、毎日亀千代君の為に保科中将正之邸の井戸まで水を頂きに参っております。当家の屋敷の水では、心配でなりませんでした。これからは、幕府に睨まれない伊達藩にして亀千代君を育てて良き藩主になって頂きたいと心から思って居ります。」

と、政岡が母親として云うと、続けて、

「政宗公以来、伊達宗家は宗の一字を藩主は使ってまいりましたが、幕府に謀反の疑いないことの誓いとして『宗』の字の代わりに伊達家の基礎を創り直す為に『基』の字を入れたいと考えているが如何かな。」

と、政岡が答えると、

「判りました。」

と、家老は答えて綱基と云う名に決めて元服の儀が執り行われた。

将軍家綱も二十五歳になり大老酒井雅楽頭忠清の藩名を厩橋藩から前橋藩に改められてまた一つ保科・阿部体制から決別が出来た。酒井大老は町奉行所から勘定奉行になっていた村越吉勝を罷免して家綱の小姓組から北町奉行になっていた松浦信貞を勘定奉行にした。次に博労頭橋本の館にした傍では伝馬と馬市の馬の管理をした。護美や塵微集積で車家と勘定奉行で不正があるのではとの噂が出たために下水奉行を廃止して町名主に命じて、京とは違う路地の中央に歩み板を置くようにして下水道の改良をした。また、伊奈氏に命じて伊達対策の為に架橋は許されていなかった千住大橋を架けさせて、日光社参が便利になったことは、大老酒井様が意味を判らずに行動したことだった。

保科正之は、片腕の阿部忠秋が引退して自分が将軍家綱公に疎まれて少しずつ距離を置かれているのを感じた。最後の奉公として再度の通貨の交換比率の決定と度量衡の統一で重さは統一して全国共通になったが、桝は京桝で統一をして江戸でも京桝に樽屋の印を押して統一した。長さも京間を基準にした。鐚銭の鋳造は認めなかったが、鐚銭と銅銭の混同を許し、鐚銭を銅銭より安く買う者が出た為に鐚銭の流通を禁じた。馬苦労頭橋本館になった小伝馬町を分割して博労町と馬喰町と呼ばれる町屋を開いた。

この時代、町奉行所が町屋の分割を多く認めた為に出身地方の名前や職業で集まって出来た町屋の名前が多く出来てきた。

また、大御所家康公五十回忌を記念して江戸入府の折、初代矢野弾左衛門とあった府中の六所神社の再建を四代目矢野弾左衛門集信に命じて陣頭指揮をして再建したが集信は、疲労がたまったのが災いして神社完成を見届ける様に亡くなった。五代目矢野弾左衛門集誓が奉行所へ届を出して認められたが、時代は大きく変わり矢野家や車家を必要とする時代は終わりを告げ始めていて、酒造りや煙草造りなどの嗜好品が必要になり江戸の町も大きく変わり始めて駒形堂前では、中嶋屋と云う屋号の伽羅の油を売る商売が流行り、幼少の五代目矢野弾左衛門の力では抑えられず矢野家の独占であった油販売の仕組みは崩れ、矢野家の独占権はなくなり始めた。長崎代官末次平蔵が和蘭国から大船を購入して、その船を品川沖まで曳航してきて安宅丸しか見たことがない江戸の市民も各藩の家臣達も驚き、和船安宅丸の評価は下がりただの襤褸船に見えてきた。

寛文十一年保科正之の参謀佐竹左近衛権少将義隆が死ぬと伊達宗勝・原田甲斐宗輔・伊達宗倫らの行動が忙しくなり、密談している話が幼少藩主綱基公の後見人として幕府から宗勝と共に指名されていた田村右京宗良に漏れて、急ぎ親戚にあたる涌谷城主伊達安芸宗重を江戸へ向かわせた。原田甲斐も急ぎ後追い続けたが間に合わず、三月二十七日伊達安芸宗重が酒井忠清邸に向かったことを知ると原田甲斐も大老酒井雅楽頭忠清宅に向かった。大老酒井忠清は、両者の話が同時に聞けると思い二人を合わすと原田甲斐が伊達安芸に斬りかかり殺した。酒井家の家臣が大老を守る為に原田甲斐宗輔を殺害した。

数日後、幕府から青葉城に調べの為に派遣されていた幕臣から連絡が入り、伊達兵庫宗勝は流配・本家家老原田甲斐宗輔家はお家断絶・登米城主伊達宗倫は、幕命により城取り上げの沙汰が下った。大老酒井は、全ての沙汰が下ると城に上がり保科正之の御用部屋を訪れて、

「中将殿、伊達安芸の話によると徳川幕府転覆を企てありとの情報を知って、我が屋敷に来て話している時に首謀者達の一人である本家家老原田甲斐宗輔が来ました。両者から話が聞けると思い両者を合わせると、原田甲斐が伊達安芸を切り殺した為に我が家臣が原田甲斐を成敗しました。原田甲斐家は、断絶・後見人伊達兵庫宗勝は、流配・登米城主伊達宗倫は城取り上げと致すことに決めたので報告に参った。」

と、酒井雅楽頭忠清が云うと、

「江戸の藩邸に居る藩主伊達綱基殿と品川屋敷にいる父上綱宗公の処置は如何致すのですか。」

と、中将正之が聞くと、

「三家の処置ですまし、江戸藩邸のお咎め無しとしたい。」

と、大老が云うと、

「家綱公に報告をお願いいたします。」

と、保科正之が将軍への連絡を義務付けると話を続けた。

「大御所殿・御前様は、戦が有るたびに鷹狩りと称して訓練場として使っていた安房嶺岡の牧で作戦を練った。嶺岡の牧一帯の管理を江戸の長吏頭矢野弾左衛門に任せていたが、これからは牧の管理はそのままで良いが、将軍御成りの東金御殿は必要ないので取り壊す様に矢野弾左衛門に命じて頂きたい。」

と、話すと大老は、何も知らずに行動していた自分が恥ずかしくなった。

寛文十二年内大臣家綱公の命により水戸徳川光圀公は、駒込藩邸から小石川上屋敷に移り毎日城に上がることとなって帰りに桜田の保科邸に挨拶に出向いた。

「中将殿には、御無沙汰致しております。この度、大樹殿より江戸定住と毎日登城する様に命令が出ましたのでご挨拶に参りました。」

と、光圀が云うと、

「水戸公とは、お話がしたくおりました。徳川宗家安泰の為に御前様は、幼少であられた光圀公では荷が重いと判断して兄君頼重公を高松藩主に命じて伊予宇和島伊達秀宗公の京への道を塞ぐ為にお願いをいたしました。」

と、保科正之が云うと、

「伊達政宗公を信じてはいなかったのですか。」

と、光圀が聞くと、

「太閤殿下・大御所殿・御前様みな伊達陸奥守政宗公を信じては、いませんでした。」

と、云うと、

「初耳で驚きました。兄君が高松藩主になって私はこの歳になるまで駒込屋敷で暮らしてこの度初めて小石川上屋敷に移りました。」

と、云うと、

「それは、父上頼房公は、徳川宗家の一つ水戸家が弟君が継いでは大御所殿が長子相続を唱えていた為に、兄君の家臣団と争い事が起きてはいけないとの配慮からだと思います。」

と、保科中将正之が云うと、

「中将殿、ご相談が御座います。」

と、光圀が云うと、

「何なりとお話しください。」

と、正之が云うと、

「我が長子頼常を次期高松藩主として育てて頂き、兄君の長子綱方を次期水戸藩主として迎えて育てたいと思いますが幕府は許可して頂けますでしょうか。」

と、光圀が云うと、

「徳川宗家・水戸徳川家・高松藩主松平家にとってとても良い考えと思います。光圀公は、良き相談相手として大樹公を御支え下さい。正之の命も長くはないと思いますので、良き話を父君頼房公と御前様に報告が出来ます。」

と、云うと数日後に保科中将正之公が亡くなった。

伊達お家騒動も一段落して二年が経ち四代目藩主伊達綱基が幕府に初めての帰国願を提出すると老中稲葉美濃守正則が私邸に来るように呼び出しをかけた。

「綱基殿は、おいくつになられた。」

と、正則が尋ねると、

「十六になりました。」

と、綱基が答えると、

「お家騒動の件を知っている重臣も保科左近衛権中将正之公をはじめとする多くの幕臣達も亡くなっております。お国入りを許可する前にお願いがあります。まず一つは、我が姫を綱基殿の正室に迎えて頂きたい。次に誓詞を三通提出して頂き、一通は、幕府預かりと致します。後二通は増上寺に参詣して頂き、安国院殿と台徳院殿の墓前にお約束をして頂きたい。内容は、帰国の折、各宿駅には陸奥府中で鋳造した銅銭十四万千七百貫文ずつ無償貸与をお願いしたい。陸奥府中までは、七泊八日の行軍をして頂き、日光社参及び脇街道へは入らずお願いいたします。また、以下のことを約束して頂きます。

博打好色はせずに・煙草は行軍中決して吸わず・宿駅の馬は選ばず・宿賃は定めの

通り支払うことの念書が幕府に提出が出来次第、明延宝三年九月のお国入りを許可致します。」

と、稲葉正則が云うと、伊達綱基は屋敷に帰ってこれからの一年間の予定を考えるとまず、家老に指示をして国家老に陸奥府中で鋳造した新銭寛永通宝が幾らあるか調べる様に指示をして、金小判・豆銀玉が幾らあるかも同時に調べさせた。

稲葉正則は、病気見舞いを兼ねて阿部豊後守忠秋の屋敷を訪ねて報告をすると、

「これで安心して安国院殿・台徳院殿の下へ報告が出来る。」

と、云うと安心したように眠った。正則は、城の御用部屋で陸奥府中に派遣していた目付津田平左衛門と拓植平右衛門の両名から話を聞いた。

「今、婚儀の件と帰国の費用がどの位掛かるか勘定方に調べさせています。我々は、万治三年から毎年調べて寛永通宝百万貫文鋳造が有り、金小判と豆銀玉の量を調べ上げて報告通りです。」

と、津田が云うと、

「長い間ご苦労であった。今回の伊達美作守綱基公帰国で陸奥藩の勘定査察は、終了と致す。」

と、稲葉正則が云うと、

「伊達政宗公の影響を少なくする為に陸奥の国ではなく国名変更と綱基公の改名を勧

めては如何と思いますが。」

と、柘植が云うと、

「それは良い考えじゃ、何か良い考えは有るか。」

と、老中稲葉が云うと、

「陸奥の国ではなく仙台藩と代えたら宜しいかと思います。」

と、津田が云うと、

「政宗公以来『宗』の字を伊達家は使いますが、『村』の字を下賜しては如何ですか。」

と、柘植が云うと両者の案が採用された。

九月九日、増上寺安国院殿と台徳院殿に誓詞を提出して参拝した帰り道に城に上がって帰国願の礼に黒書院で待っていると、

「九月十九日に江戸を離れて初めてのお国入りを致します。征夷大将軍様へ御挨拶に参りました。」

と、綱基が云うと、

「あい、判った。」

と、将軍が云うと、

「本日より、伊達美作守綱基改め伊達陸奥守綱村と名乗るように、国名を陸奥藩を改

めて仙台藩と致す様に将軍より下賜致す。また、道中助郷馬人は、三千四百八十名を許可致す。」

と、老中稲葉正則が云うと、

「有難きお言葉を頂き感謝いたします。」

と、伊達綱基改め綱村が云うと城から下がり麻布屋敷に戻り初のお国入りの為に先発隊が二日後に出発した。伊達綱村は、自分の時代は幕府に逆らうことなく過ごすことに決めて、まずは、茶道の師範を義父稲葉正則に尋ねて茶頭清水動閑の弟子で養子の道竿を紹介して頂き平戸藩主松浦鎮信の屋敷で会うことになった。

「この度、茶道の教えを頂く為に道竿殿の教えを受けるにあたり、本日は気持ちの品を用意しましたのでお納めください。」

と、伊達綱村が云うと、

「陸奥守殿、一度京へいらして石清水八幡宮傍の瀧本坊にあって焼けてしまった天空の茶室閑雲軒跡へお招きを致したく思います。先代松花堂昭乗が屋根は蒲・葦・茅で出来た方丈の茶室へ招待して献立をした料理を頂きながらお茶を御馳走したいと思いますが。」

と、道竿が云うと、

「わが身は、江戸と陸奥府中改め仙台のみ許された身、京などと云う処へ行くことは夢の又夢でかないません。」

と、寂しそうに話す綱村を見て、

「徳川宗家に忠誠を誓い、信頼を取り戻してください。」

と、道竿が云うと、

「宗家の信頼を得ると逆に藩の中が上手にいかなくなります。如何したら宜しいでしょうか。」

と、問いかけると、

「では、私が片桐旦元の弟の子石州が創始で徳川宗家に教授したのと同じ流派の石州流を指導して何時か必ず将軍様を交えてお茶会を開きましょう。」

と、道竿が云うと綱村は、仙台へのお国入りが楽しくなり、早く江戸に戻る楽しみが出来た。

「母上、お国入り前に江戸で良き人にお会い出来ました。」

と、綱村がいうと、

「それは、良きことになりましたな。何方とお会いしましたか。」

と、父綱宗公の側室で母親である政岡が聞くと、

「徳川宗家の御茶頭清水道竿殿とお会いしました。私も御茶指導をして頂ける様に松浦鎮信平戸藩主が間に入って取り持ってくれました。」

と、嬉しそうに話すと、

「私は、殿を育てるにあたって水一滴も屋敷の井戸を使わず今日まで来ました。伊達の家臣達の中には伊達幕府をと考えている者共がまだまだおります。藩主であるそなたが徳川宗家に媚を売ったら何時毒殺されるか判りません。」

と、母親の顔で意見すると、

「では、私は如何せよと申されるのですか。」

と、綱村は逆に聞いてきた。

「まずは、お国入りをすまして、国家老をはじめとする多くの家臣を集めてお国入りを無事にすましたことを伝えて綱村公の時代は何もせずに野心なきことを内外に伝えて、清水道竿御茶頭の指導をお受けになりなさい。また、田村右京亮宗良殿を頼りになって出来れば日々の日記をお書きになって、茶会を開いて出席者の氏名を書き話した内容も書き取って十年位したら書物にして家臣達に読むように渡しなさい、その後は、始祖貞山公政宗・祖父義山公忠宗・父上綱宗公の出来事を国・江戸の家臣達に書き取らせて日々の日記の様にして書き留める家臣を二、三名指名して綱村公の日記を出した後、暫くして三名様の日記を世に出しなさい。」

と、母政岡が云うと自室に戻った。

つつがなく初めてのお国入りを済まして、城で伊達家四代目藩主として宣言をして一部の伊達幕府待望論の家臣達と幕府の密偵になり下がった家臣達の前で数人の家臣を指名して、伊達家四代の記録編纂することを命じて記録所の設置を最初の仕事とした。歴代の藩主は、太閤殿下・大御所殿・御前様に忠実であったことを基本とした歴史編纂をさせた。また、伊達家として徳川宗家と同じ流派の茶道を採用することを宣言して城と江戸屋敷に茶室を造る様に命じた。

江戸の御用部屋では酒井雅楽頭忠清と井伊掃部頭直澄が相談をした。

「掃部頭、伊達家の謀反の恐れは綱宗公を隠居させて綱村公を幼少の内に藩主に即位させて、仙台には目付を十四年間派遣して陸奥の国の資金を調べて財力をつかわしてきましたが今後は、如何致しましょうか。」

と、雅楽頭忠清が聞くと、

「聞くところによると、大御所殿逝去後御前様の指示に従わず伊達政宗公は、暴虐無道の振舞いをして伊達家三代は、幕府としては大変難題な藩でありましたが四代目からは、『宗』を使わせず伊達家三代とは違うように幕府に従いつつあります。一例は、入間川の流れを飯田橋辺りで変えて隅田川へ注がす工事をさせて江戸の水路が完成したと聞いております。次は、小名木川の南に川の道を造り隅田川に注ぐ小名木川と並んだ水路を造らせる様に伊達綱村公が参府挨拶に来た折に命じては如何ですか。」

と、咳をしながら苦しそうに掃部頭が云うと雅楽頭は、町奉行宮崎重成に登城する様

に茶坊主に命じて直ちに宮崎が登城して、

「伊達陸奥守綱村公が江戸参府挨拶に城へ来た折に小名木川の南側にもう一本水路を造ることを命じるので至急計画を立てる様に。」

と、掃部頭立ち会いの下雅楽頭が云うと、

「あい判りました。雅楽頭様、今江戸は浮浪者が多くなり治安が悪くなっております。また、車善七によりますと町屋の路地に不浄物が多くて不浄物を運ぶのに舟が必要と申しておりますが、船大工に舟の製作を許可して宜しいでしょうか。」

と、宮崎が伺うと、

「伊達家にも水路工事の為に舟が必要であろう、仙台で製作すると申すかもしれぬが無理な期限をつけて江戸の舟を使わす様にする為、五艘の舟の製作を許可する。内三艘は車家が川の不浄物運搬として使い、二艘は伊達家に払い下げをして遅れて仙台から舟が来るが宮崎、仙台の舟と江戸の大工が造った舟と性能を比べてみて後で報告をすること。」

と、雅楽頭忠清が云うと奉行の宮崎は、下がり、

「雅楽頭、わしの命もさほど長くはないと思う。父直孝からの遺言で正室は持たずに来たが、嫡子は兄直時の子直興を養子に迎えることになっているので宜しく頼む。」

と、井伊掃部頭直澄が云うと、

「なぜ、嫡子をもうけなかったのですか。」

と、雅楽頭が聞くと、

「よくは判らぬが、我々の長男直滋に何か問題があったようだ。」

と、知らないふりをして門外不出の話をして終わらせた。

江戸も隅田川の城寄りは鳥越の地名から始まり今や六十余の町名が出来て各々の町屋に名主がいて管理していた。江戸の初期は、大橋と言えば常盤橋であったが武蔵の国と下総の国との境であった住田川も何時しか隅田川と呼ばれるようになり、二つの国に架かる両国橋の管理を矢野倉の者達が番小屋の責任者を務めて朝多くの人々が橋を利用して江戸に入り夜、橋を利用して向島・牛島へ帰って行った為に何時しか大橋と呼ばれる様になった。牛島辺りから小名木川辺りまで小さな島を利用して不浄物で埋め立てをして湿気が強かったが府内に住めない者達が集まるようになり住み着いた。道には、定間隔に砂利置き場を設置して矢野倉の者達が砂や砂利を大八車で運び雨の日は、砂利を撒いて平らにして、晴れの日は、砂が舞い上がらない様に水を撒いて京の様に目の病気の者が増えない様に矢野倉の中に砂利置き場を用意した。

昔、保科正之殿は大御所殿より伊達政宗が戦の為に江戸へ入城するのを阻止する為に千住には橋を架けずに、同じく西国大名の江戸入府を安易にさせない為に六郷川にも橋を架けず、日本橋・鳥越橋は、御前様が二本橋として架橋して二十年に一度必ず架橋する様に命じた。伊達家の憂いが少なくなったので伊達綱村に命じて以前から命じていた入間川からの川の流れを手伝い普請させて隅田川へ流した。江戸城最後の橋、浅草橋が架橋されて江戸総構えが完成したことにより日本橋・浅草橋・鳥越橋の三橋のみに擬宝珠を与えた。

将軍家綱公は、鳥越神社宮司鏑木式部豊勝を城に呼んで、正六位の官位を与えてお目見えを許し、寺社奉行支配神職触頭役を与えて各神社と寺社奉行との連絡役の惣元締職を与えた。

著者プロフィール

秋山 芳雄（あきやま よしお）

東京都台東区鳥越育ち。
台東区立育英小学校、福井中学校卒業。

家康公にえどの地を教えた男

2021年12月15日　初版第1刷発行

著　者　秋山 芳雄
発行者　瓜谷 綱延
発行所　株式会社文芸社
〒160-0022　東京都新宿区新宿1－10－1
電話　03-5369-3060（代表）
03-5369-2299（販売）

印　刷　株式会社文芸社
製本所　株式会社MOTOMURA

ISBN978-4-286-22924-9